Hao Jingfang

郝景芳《ハオ・ジンファン》短篇集

郝景芳
及川 茜［訳］

白水社
ExLibris

郝景芳《ハオ・ジンファン》短篇集

孤独深处／郝景芳著. -- 南京：江苏凤凰文艺出版社，2016

装丁：緒方修一

装画：きたしまたくや

北京　折りたたみの都市

一

明け方の四時五十分、老刀《ラオダオ》は賑やかに人の行き交う歩行者天国を横切り、彭蠡《ポン・リー》に会いに行った。

ゴミ処理場の仕事を終えてから、老刀はいちど帰宅してシャワーを浴び、着替えを済ませていた。白いシャツに茶色のズボンは彼の一張羅だが、シャツの袖口がすり切れているので、肘《ひじ》まで腕まくりしていた。老刀は四十八歳で独身、もう外見を気にする年でもなく、身の回りの面倒を見てくれる人もいないので、この服も長年着つづけている。一張羅で外出した日には、帰宅後すぐに脱いでたたんでおくのが常だった。ゴミ処理場で働いていれば、身だしなみに気を配る必要もないから、この服を着こむのは結婚式に参列するときくらいだ。だが今回はうす汚れた格好で知らない人に会いに行く気にはなれなかった。ゴミ処理場で五時間働きづめだったので、臭いが染みついていないかと心配だった。

歩行者天国は仕事を終えたばかりの人々で混雑していた。男女が露店にひしめき合って地元の特産品を手に取り、大声で値切り交渉をしている。食事客はプラスチックのテーブルを囲み、酸辣粉《スワンリーフェン》〔酸味と辛味のきいたスープで食べるイモの澱粉で作った麺〕の湯気の中にうつむいて、飢えた虎のようにすすり込み、もうもうとした白い湯気に表情は隠れていた。揚げ物の香りが立ちこめる。屋台には酸棗《サネブトナツメ》と胡桃が山積みになり、干し肉が吊されて揺れている。一日中で一番賑わう時間帯だ。仕事が終わり、数時間働いた人々がやって来て腹を満たし、さんざめきが渦巻く。

老刀はようやくのことで人波を抜けだした。皿を運ぶ店員が大声で道を空けるよう呼ばわり、客をかき分けるのにくっついて出たのだ。

彭蠡の家は路地の奥にあった。老刀は階上へのぼってみたが、留守だった。隣人に尋ねてみると、外出禁止の刻限が迫る頃に帰ってくるのが常だというが、具体的な時間はわからなかった。

老刀はやや不安になった。腕時計を見ると朝五時だ。

彼は門の所に戻って待った。腹を減らした若者たちがむさぼり食っているのに両側から取り囲まれる具合になる。中のふたりは顔見知りだった。彭蠡の家で一度か二度会ったことがある。若者たちの前にはひと皿ずつ焼きそばか焼きビーフンが置いてあり、そのほかにふた皿の料理を数人で分けあっている。皿の中にはもう食べられるものは残っていなかったが、まだ諦めずに箸を動かしてトウガラシの間に潜む肉の欠片を捜索していた。老刀は無意識に腕に鼻を近づけて臭いを確かめた。まだゴミの臭いがするだろうか。あたりは平凡な喧噪に満ちて、いつもの朝と同じだった。

「おい、あっちじゃ回鍋肉《ホイコーロー》がいくらするか知ってるか？」小李《シャオリー》という若者が言った。

「畜生、砂が混じってやがった」小丁《シャオディン》という太った若者が突然口もとを覆って言った。その爪には黒い泥が入りこんでいる。「ひでえじゃねえか。払い戻してもらわなきゃ」

「あっちじゃ回鍋肉が三四〇元だってよ」小李は続けた。「三四〇元！　水煮牛肉《シュイチューニウロウ》（トウガラシのスープで煮こんだ牛肉）ならひと皿四二〇元だって！」

「何だよそれ。高すぎだろ」小丁は頬を押さえてもごもごと言った。

　他のふたりの若者は会話に関心を示さず、うつむいて麵を口に運んでいる。小李は彼らに視線を落としていたが、その目はふたりを通り抜け、どこか見えない場所を見ているようで、切実な色が浮かんでいた。

　老刀の胃袋もひもじさを感じた。急いで視線を逸らしたがまにあわず、その感覚はたちまち彼を飲みこむ。空っぽの胃袋は深淵のように、彼にかすかに身震いさせた。もう一ヶ月というもの早朝のこの食事をとっていない。一度の食事はだいたい百元で、一ヶ月なら三千元、一年貯めれば糖《タ》糖《タン》の幼稚園の費用の二ヶ月分がまかなえる。

　遠くに目をやると、都市管理作業車がすでにゆっくりと近づいてきていた。

　彼は準備を始めた。もし彭蠡が時間までに戻ってこなければ、自分でどうするか考えなければならない。困難は増えるだろうが、時間は待ってくれない、いずれにせよ行かねばならないのだ。棗売りの女の売り声が何度も彼の思考を遮った。よく響く声が突き刺さって頭痛がしてくる。歩行者天国の端では露店が店じまいを始め、棒で池の水をかき回された魚のように、人影もたちまち散っていった。だれもこのときに都市管理作業隊と事を構えようとはしない。小さな露店は店じまいに時間がかかり、作業車は辛抱強く移動していた。ここは普段は歩行者天国だが、都市管理作業車だけは別だ。ぐずぐずしている者は強制収容されてしまう。

　このとき彭蠡が現れた。歯をせせりながら、シャツの前を開けて、慌てず焦らず大またに歩き、げっぷを繰り返している。彭蠡は六十歳をすぎてからというもの、ものぐさで身なりに構わなくなり、頰はシャーペイ犬のように垂れ下がり、そのせいで口角がいつも不機嫌そうに下がっている。今の様子だけを見て、若い頃の姿を知らなければ、志もなく飲み食いしか能の無いやつだと思うだろう。しかし、老刀は幼いころから父の語る彭蠡の話を聞かされていた。

老刀は彼を出迎えた。彭蠡は挨拶の声をかけようとしたが、老刀は遮った。「説明している時間はないんだ。第一空間に行かなきゃならない、行き方を教えてくれ」

彭蠡は虚を突かれた。もう十年このかた第一空間について聞かれたことはなかった。手にした爪楊枝をいつのまにか折ってしまっていた。しばらく黙っていたが、老刀が焦れているのに気づき、建物の方に引っ張っていった。「家で話そう」彭蠡は言った。「行くにしても起点はあそこになる」

都市管理作業隊はすでにふたりの後ろにゆっくりと車を進めており、秋の風が落葉を掃くように人々を家へ掃き戻していた。「帰れ、帰れ。転換が始まるぞ」車から呼ばわる声が聞こえた。

彭蠡は老刀を連れて階段を上がり、部屋に入った。彼の単身者向けユニットは普通の公営住宅と同様、六平米の部屋に、便所、角には簡易な台所、テーブルと椅子、カプセルベッドがあり、カプセルの下の引き出しには服や雑貨を収納できた。壁には水の染みと足跡があり、飾りは何もなく、傾いたフックが取りつけられ、ジャケットとズボンが掛けてあるばかりだった。部屋に入ると、彭蠡は壁の服とタオルを外し、いちばん端の引き出しに押しこんだ。転換のときには何も掛けておくことはできない。老刀も前はこうした単身者向け公営住宅を借りていた。入るなり昔の雰囲気を思いだした。

彭蠡は目を剝いて単刀直入に言った。「なぜか理由を言わなきゃ教えてやれん」

もう五時半だった。あと三十分しかない。

老刀は手短に事情を説明した。メモの入った瓶を見つけたことから、こっそり廃棄物移送道に潜りこみ、第二空間で依頼を受け、行動するまでの経緯を。あまり事細かに語っている暇はなかった。できればすぐに出発したい。

「昨日は移送道に隠れていたのか？　第二空間に行くのに？」彭蠡は眉をひそめた。「二十四時間待たなきゃならないだろう」

「二十万元なんだ」老刀は答えた。「一週間待ったって文句はない」

「そんなに金が必要なのか？」

老刀は言葉に詰まった。「糖糖《タンタン》はあと一年ちょっとで幼稚園なんだ」彼は続けた。「もう時間がない」

老刀は幼稚園に問いあわせてみて、確かに仰天した。いくらかましな幼稚園は、願書を出す二日前から、保護者が布団を持って幼稚園の門に並んでいた。保護者ふたりが交代で、ひとりが食事やトイレに行く間はもうひとりが並んで待つのだ。そうやって四十時間以上待ったところで、幼稚園に入れるとは限らない。前の方の枠はすでに金で買われていて、最後のわずか数名分の枠が苦労して順番待ちをする父母に与えられるのだ。これはいくらかましとはいってもまだ普通のランクの幼稚園の話であり、もっと良い幼稚園になると並んでも駄目で、最初から金でチャンスを買うしかない。老刀はもともと大して高望みはしていなかった。しかし糖糖は一歳半になってからというもの、とりわけ音楽を好み、外から音楽が聴こえると小さな顔を輝かせ、合わせて踊るようになった。そうしたときのあの子は本当にかわいかった。老刀はそんな姿にまったく抵抗できない。舞台のスポットライトに幾重にも取り巻かれたように、まばゆさに目が眩んだ。どんな代償を払っても、糖糖を音楽とダンスを教えられる幼稚園に入れてやりたかった。

彭驫は上着を脱ぎ、顔を洗いながら老刀の話を聞いた。洗うとはいっても、ただ水でちょっと擦るだけだ。水はじきに止まるので、もうちょろちょろとしか流れなかった。彭驫は壁から汚れたタオルを取り、いいかげんに顔を拭くと、タオルを引き出しに押しこんだ。濡れた髪の毛はべとべと光っていた。

「自殺行為だぞ」彭驫は言った。「お前の娘でもないのに、そこまでしなくてもいいだろうが」

「その話はもういい」

彭驫は溜息をついた。「わかってるか、万一捕まったら罰金じゃ済まんぞ。何ヶ月も臭い飯だ」

「何度か行ったんだろう?」

「四回だけだ。五回目に捕まった」

「充分だよ。四回も行けるなら、一回捕まったところでどうってことない」

老刀は第一空間に行ってある物を届けようというのだ。届けられたら十万元、返事を受け取ってきたら二十万元が手に入る。法という禁忌を犯すだけのことで、経路と方法さえ誤らなければ、捕まる確率は低かったし、何と言っても紛れもなく本物の紙幣が手に入るのだ。断る理由を思いつかなかった。彭驫も若い頃には金のために危険を冒し、何度も第一空間に忍びこんで、酒と煙草の密売をしたのを知っていた。この道は使えるのだ。

五時四十五分になった、すぐに発たなければならない。

彭驫は溜息をついた。説得しても意味がないことは知っていた。年のせいでものぐさになったが、彼も五十歳を迎える前は老刀のようだったのだ。当時は臭い飯を食うなんて屁でもなかった。何ヶ月かすれば出てこられるのだし、殴られこそするものの、稼いだ金は紛れもなく本物だ。死んでも金の在処を口にしなければ、最後にはどうにか切り抜けられる。秩序局の警官も通例に従っているだけのことだ。彭蠡は老刀を窓辺に連れて行き、下の暗い影に覆われた小径を指さした。

「この部屋から這いだして、排水管をつたって降りろ。フェルトの下に俺が取りつけておいた足場がある。ぴったり身体を壁にくっつけていれば監視カメラから逃れられる。そこから行って、影に隠れて端まで這っていったら、手探りでも目で見ても裂け目の位置がわかるはずだ。裂け目に沿って北へ進め。いいか、北へ向かうんだぞ、絶対間違うなよ」

彭蠡はそれから這って向こう側の地面へ越境する秘訣を教えた。持ちあがる勢いを借りて、浮きあがる側の断面を五〇メートル這って進む。反対側の地面に着いたら、這いあがり、東に向かう。そうすると灌木の茂みがあるから、土地が合わさるときにはそこにつかまって身を隠せ。老刀は聞き終える前にもう身体を窓から乗りだし、つたい下りようとしていた。

彭蠡は老刀が窓から出るのを手助けし、窓の下の足場にしっかり立てるよう支えてやった。そして突然動きを止めた。「言いにくいことだが、やっぱり行かない方がいいんじゃないか。あっちは全然いい所なんかじゃないし、行ってからもただ自分の人生がどれだけクソかわかるだけだ。つまらねえぞ」

老刀は足で下を探りながら、身体はまだ窓の台にしがみついていた。「構うもんか」やっとのことで答えた。「行かなくたって自分の生活がどれだけクソかはわかってる」

「なら気をつけて行けよ」彭蠡は最後に言った。

老刀は彭蠡が示した道のとおりに素早く下に降りた。足場の位置はちょうどよかった。窓辺の彭蠡の姿が見える。煙草に火をつけ、素早く深々と何度か吸いこむと、また消した。彭蠡は一度窓から身を乗りだして、何か言いたそうだったが、結局引っこんだ。窓は閉まり、かすかな光が見えていた。老刀は知っている。彭蠡は転換の一分前にカプセルに潜りこみ、この街の数千万人の住民と同様に、カプセルが定刻に放出する催眠ガスを吸い、深い眠りに就く。身体は世界と共にひっくり返り、また元に戻るが、頭は何も知らず、そのまたっぷり四十時間眠って、二日目の夜にまた目を覚ますのだ。彭蠡はもう年をとった。ついにこの世界のほかの五千万人と同じになったのだ。

老刀は全速力で下に降り、身体を弾ませ、地面に十分近くなったところで身を躍らせて這いつくばった。彭蠡の部屋は四階で、地面から遠くなかった。立ちあがると、高層ビルが湖のほとりに落とす影に沿って走った。草地の裂け目が見えた。そこから地面が回転するのだ。たどり着く前に、背後からごうごうという抑えた轟きと、時折まじるカラカラと甲高い音が聞こえた。老刀が振りむいて見ると、高層ビルが真ん中でぽっきり折れて、上半分がちょうど倒れてくるところで、ゆっくりと、しかしためらいなくのし掛かってきた。

老刀は驚愕し、あっけにとられてしばらく見つめていた。それから裂け目のところまで駆けてゆき、地面に伏せた。

転換が始まった。二十四時間周期の狭間の時間で、世界が回転し始める。鉄筋コンクリートの合わさる音がひとつに重なって壊れたベルトコンベアーのようだ。高層ビルは合わさってひとつになり、折りたたまれて立方体になった。ネオン、店の看板、ベランダ、そして付属構造物はいずれも壁に吸収され、貼りついて建物の皮膚となった。構造はことごとく隙間にはまり込み、どんな小さな空間も残らなかった。

地面が持ちあがった。老刀は地面の動きを観察し、裂け目のふちまで来て、裂け目が持ちあがるのに合わせて這いあがりつづけた。手をつき、大理石の敷かれた地面の端から取りついて、地面の切断面に沿って地中に埋まっていた鉄筋をつかんだ。最初は下に向かい、足で探りながら這いおりたが、やがて土地全体が回転するのに従って、老刀の身体も空中に持ちあげられた。

老刀は前夜の街の様子を思い浮かべた。

ゴミの山の中から目を上げ、門の外の音に警戒して耳をすませた。黴《かび》が生えて腐敗したゴミが鼻をつく悪臭を放ち、甘ったるい生臭さが混じる。老刀は門のところにもたれていた。鉄の門の外の世界は目覚めるところだった。

鉄の門が開きかけ、街灯の黄色い光が最初に射しこんできたとき、老刀は身をかがめて、ゆっくり広がってゆく隙間から這いだした。路上には誰もいない。高層ビルの明かりが一階ずつ灯り、たたまれた付属構造物が建物の両脇から生えてきて、両側に向かって広がる。ポーチが建物の中から伸びてくる。軒は軸に沿って回転し、ゆっくりと下りてきて、階段は路上まで伸びていった。通りの両側では、一つまた一つと黒い立方体が真ん中から裂け、両側に開き、商品棚の構造を露わにした。立方体の頂点から看板が伸び、つながって商店の廊下となり、両側のアーケードは頭上に伸びて合わさった。通りはがらんとして夢の中のようだった。

ネオンが灯り、商店の上に輝く小さな電球が「新疆棗」「東北拉皮〔澱粉で作った平麺〕」「上海烤麩〔麩を発酵させた食品〕」「湖南臘肉〔干し肉〕」の文字を浮かび上がらせた。

その日丸一日というもの、老刀の脳裏からはこの光景が去らなかった。ここで四十八年暮らしていて、初めてこのすべてを目にしたのだった。彼の日々はいつもカプセルに始まりカプセルに終わり、汚れた食卓と言い争う声の飛びかう露店の間を行き来するばかりだ。世界のありのままの姿を目にしたのは初めてだった。


毎朝、もし遠くから眺める者があれば——トラックの運転手が高速道路の北京入口で待っているときのように——都市の展開と折りたたみの全貌を目にすることができるだろう。

朝六時、運転手たちは車を下り、高速道路の路肩に立ち、ひと晩中浅い眠りでぼんやりした目をこすり、あくびをしながら、互いに遠くの都市の中央を指さしあう。高速道路は七環路の外側で切断され、回転はすべて六環路の内側で起こる。ちょうどよい距離で、西山〔北京郊外の景勝地〕か海上の孤島を眺めるようなものだった。

朝まだきのほの明るい光の中、ひとつの都市が自らを折りたたみ、地面に向かって合わさってゆく。高層ビルは賤しい下僕のように、腰をかがめ、つつしみ深く自らの身体を切り離すと、頭を足に密着させ、さらに曲げた腰を断ち割っては、頭と腕を折り曲げて隙間に挿しこむのである。高層ビルは折れ曲がった後で新たに組みあわさり、身体を縮めて緻密で巨大なルービックキューブのように一体となって、深い眠りに就く。それから地面が回転する。小さく切り分けられた土地はそれぞれの軸に沿って一八〇度回転し、反対側の建築物が地表に露出する。建物は折りたたまれた状態から身体を起こし、うす藍色の空を背景に目覚めた獣のように見える。都市の孤島は橙色の光の中に配置され、展開し、位置を決めて立ちあがると、灰色の雲が一面にむら立つ。

運転手たちは眠気と空腹をこらえて、無限にループする都市の演じるひと幕を鑑賞するのだった。

二

折りたたみの都市は三層の空間に分かれている。地面の片側が第一空間で、人口五百万人、生活時間は朝の六時から翌朝六時だ。空間が休眠に入ると、大地が回転する。回転後の反対側が第二空間と第三空間だ。第二空間には二千五百万人の人々が暮らし、生活時間は翌朝六時から夜十時までで、第三空間には五千万人が暮らし、生活時間は夜十時から翌朝六時まで、そしてまた第一空間に戻る。時間はよく計算して区切られ最適な形で配分され、慎重に隔離され、五百万人が二十四時間を享受し、七千五百万人が次の二十四時間を享受するようになっている。

大地の両側の重さは均等ではない。不均衡を調整するために、第一空間の土地はより厚く、土壌にはおもりが埋めてあった。人口と建築の不均衡は土地によって解決される。第一空間の住民はそれゆえ自分たちの中身もより重厚なのだと考えていた。

老刀は幼い頃から第三空間に暮らしていた。自分の日々がどんなものかもわかっていたし、彭蠡に言わせるまでもない。彼はゴミ処理作業員で、二十八年間勤めてきたが、今後もずっとつづけることだろう。彼はまだひとりで生きるに足る意味と究極の懐疑論に到達せず、底辺の生活の隙間に自分の位置を見いだしていた。

老刀は北京生まれで、父もゴミ処理作業員だった。父によると、彼が生まれた頃にちょうど父はこの仕事を見つけ、丸三日間祝いつづけたという。父はもともと建設作業員で、ほかの数千万人の作業員と同様、各地から北京に流れこんで仕事を求めていた。この折りたたみの都市も父がほかの作業員たちと一緒にその手で建設したものなのだ。一区画ずつ旧市街を改造し、シロアリが木造住宅を埋めつくすようにかつての軒や敷居を侵食し、それから土地をひっくり返し、新たな建物を築いた。うつむいて斧《おの》や鑿《のみ》を使い、自分の周囲を囲むようにレンガを積み重ねた。顔を上げても空は見えず、砂埃が視界を遮った。作業員たちは自分たちが築いたものの壮大さを知らずにいた。落成の日を迎え、ビルが生きた人間のように立ちあがったのを見て初めて、作業員たちは驚愕のあまり四散し、自分が生んでしまったのが怪物のように感じた。逃げだしてから、落ちついてみると、こうした都市に暮らすことが将来どれだけの栄光となるかに思い至った。そこで疲れた手足をさすりつつ、伏し目がちで実直な表情を作り、街に残る機会を求めた。落成のとき、仕事を求めて残りたいと望んだ八千万人の作業員のうち、最終的に残れたのは二千万人にすぎなかったという。

ゴミ処理場の仕事にありつけただけでも大変なことだ。ゴミの分別処理にすぎないとはいえ、採用までに幾度もふるいにかけられていた。力があり器用で、分類と整理を得意とし、苦労と悪臭に耐え、環境をあれこれ選ばない人物が採用された。老刀の父も強い意志によって、激しい人の流れの中で機会という細い草をつかみ、人波の引いた後に、乾いた砂浜に残って就労の機会をとらえた。そして頭を垂れ、人の海とゴミの混ざった酸っぱく腐った臭いに浸かっての苦労を、二十年もの間つづけたのだった。父はこの都市の建造者であり、都市の居住者と分解者でもあった。

老刀が生まれたとき、折りたたみの都市は完成からまだ二年で、彼はほかの土地に行ったことがなかったし、行きたいと思ったこともなかった。そして小学校に通い、中学、高校に上がった。それから三年間は大学を受験したものの、合格できず、ゴミ処理作業員になった。夜十一時から翌朝四時まで毎日五時間働き、ゴミ処理場で数万人の同僚とともに、素早く機械的に両手で廃棄物を処理し、第一空間と第二空間から流れてきた生活ゴミをリサイクル可能な材料に分別し、再処理炉に放りこむのである。毎日ベルトコンベアーに乗って渓流のように湧きだす残飯や廃品に向かい、プラスチックの碗から食べ残しの野菜屑をこそぎとり、割れた酒瓶をつかみ出し、血のついたナプキンの裏側の汚れていない薄いフィルムを剝がし、緑の縞模様のついたリサイクル用のドラム缶に投げこむ。作業員たちはこうして、速度を人生に換え、数量を蟬の羽のように薄い報奨金に換えるのだ。

第三空間には二千万人のゴミ処理作業員がいる。彼らが夜の主人だ。ほかの三千万人は衣料品や食料品、燃料、保険を売って暮らしている。しかしほとんどの人々は問わず語らずしてよくわかっていた。ゴミ処理作業員こそが第三空間の繁栄を支えているのだと。華やかなネオンの下を歩きながら、老刀は頭上の光が残飯で作られた虹であるかのように感じた。こうした感覚はほかの人には通じない。若い世代はゴミ処理作業を嫌い、なんとかクラブで注目を集め、DJかダンサーの仕事にありつこうとしている。ファッション用品の販売員も悪くない選択だ。軽い衣料品に指を滑らせるだけでよく、酸っぱい臭いの腐爛物の中からプラスチックや金属を探す必要はない。若者たちはもうさほど生存そのものへの恐れは抱いておらず、外見を気にするようになっていた。

老刀は自分の仕事を軽蔑してはいなかったが、第二空間に行ったときに人に軽蔑されるのをとても恐れていた。

それは前の日の朝のことだった。老刀はメモを握り、ひそかに廃棄物移送道から這いだして、住所を頼りにメモを書いた人物を訪ねた。第二空間と第三空間の距離はさほど遠くなく、地面の同じ側にあり、ただ異なる時間帯に現れるだけだ。転換のとき、片方の空間のビルが折りたたまれ地面に収納されると、先の空間のビルのてっぺんを土台として、もう片方の空間のビルが地面の中からにょきにょきと伸びる。唯一の違いはビルの密度だった。老刀は空間が開けるまで、廃棄物移送道の中に一昼夜隠れて待たねばならなかった。初めて第二空間にやって来て、特に緊張したわけではなかったが、身体についた腐臭だけが気になった。

幸い秦天《チン・ティエン》はものにこだわらない男だった。どんな相手を呼びよせることになるか、心の準備ができていたのかもしれない。メモを瓶に入れた時点で、自分が対面することになる相手が誰だかわかっていたのだろう。

秦天はおだやかで、老刀の来意をひと目で理解するや、すぐに部屋に引き入れ、熱いシャワーを浴びさせて、バスローブに着替えさせた。「あなただけが頼りなんです」と彼は言った。

秦天は大学院生で、学生アパートに住んでいた。四部屋のフラットで、四人めいめいにひと部屋の割り当てのほか、キッチンがひとつとバスルームがふたつあった。老刀はこんなに広いバスルームを使ったことはなかった。よく洗って身体の臭いをしっかり落としたかったが、浴槽を汚すのが心配で、力を入れて身体をこすることができなかった。壁面から泡が噴きだしてくるのにぎょっとしたし、熱風で身体を乾かすのにも慣れなかった。それから、秦天に渡されたバスローブを手にし、長いことためらってから袖を通した。自分の服を洗い、さらに洗面台のところに無造作にかけてあった数枚の服も洗った。仕事は仕事だから、借りを作りたくなかった。

秦天はつきあっている女の子にプレゼントをしようとしていた。ふたりは仕事で知りあったのだった。秦天は第一空間の国連経済局でインターンをする機会があり、彼女もちょうどインターンで来ていた。残念なことに一ヶ月の期間が過ぎた後は、二度と第一空間に行く機会は訪れなかった。彼女は第一空間出身の厳しい家庭の娘で、父が第二空間の男との交際を許さないため、正式なルートで手紙を出せないのだと言った。秦天は将来に対して楽観的で、学業を終えたら国連の新世代プロジェクトに応募するつもりで、採用されたら第一空間で働けると考えていた。だが、まだ修士課程の一年生で、修了まであと一年あった。そのためいてもたってもいられず、彼女を思うあまり気も狂うほどだった。彼女のためにペンダントをこしらえており、その発光する素材でできた透明な薔薇をプレゼントに、結婚を申しこむつもりだった。

「ぼくはシンポジウムに出ていたんです。前に国債について話しあったあの国連会議だけど、聞いたことあるでしょう？　あれですよ……Anyway、そのときぼくはひと目見て、あっと思って……すぐに近づいて話しかけようとしたんだけど、彼女はゲストを案内しているところで、ぼくも何と声をかけたらいいかわからなかったし、後ろでうろうろしていたんです。最後に通訳を探すふりをして、案内してもらいました。彼女はすごくやさしくて、話し方も上品だった。女の子に声をかけたことがなかったから、すごく緊張して……それからつき合うようになって、そのときのことを言ったら……おかしいですか？　……ええ、つき合ってるんですよ。……まだそんな関係じゃないけど、ただ……キスはしましたよ」秦天も笑って、少し恥ずかしそうに言った。「本当なんですよ。信じられませんか？　ええ。自分でも信じられないんです。彼女がぼくのことを好きだと思います？」

「わからないよ」老刀は言った。「彼女に会ったわけじゃないんだから」

　そのとき、秦天のルームメートのひとりが首を突っこんできて、笑った。「おじさん、そんな真剣に聞くことありませんよ。こいつのは質問じゃなくて、ただ『こんなにかっこいいんだから、きっと彼女は好きに決まってる』と言ってほしいだけなんですよ」

「その娘はきれいなんだろう？」

「笑われたってかまいませんけど」秦天は部屋の中を行ったり来たりして言った。「彼女に会ったら汚れない美しさというものがわかりますよ」

　秦天は突然足をとめ、言葉を切って追憶にふけった。依言《イーイエン》の唇を思いだした。何よりも好ましいのはあの唇で、あんなに小さくて、つやつやしていて、下唇はふっくらと、生まれつきのピンク色で、見ているうちに思わずかじりつきたくなる。彼女の首すじにも心がひかれた。瘦せているせいで角度によっては筋が浮いて見えたが、ほっそりとした線が目に快い。肌も白くてきめ細かで、つい視線がブラウスの第二ボタンのところに引きよせられてしまう。初めてそっとキスをしたとき、彼女は身体を離したが、もう一度キスをすると、あきらめて目を閉じ、覚悟を決めた囚人のように身を任せたのがとても可憐だった。唇は柔らかで、秦天は手で繰り返し腰とお尻の曲線を確かめた。その日から、もの思いにふけるようになった。彼女は毎晩の夢で、達する瞬間に見える光芒だった。

秦天の友人は張顥《ジャン・シエン》といった。老刀とおしゃべりを始め、話が弾んだ。張顥は老刀に第三空間の生活について尋ね、また自身も第三空間でしばらく暮らしてみたいと言った。将来の出世を望むなら、第三空間での行政管理の経験が役にたつと人から聞いたのだ。今の時めく人々は、みな第三空間の行政に携わるところからキャリアを始め、それから第一空間に昇進していた。もし第二空間にとどまるなら、将来の見こみはない。行政幹部になったとしても、一生高官にはなれなかった。張顥はいずれ官僚になるつもりで、もうその道筋も考えていた。しかしまずは二年ほど金を貯めるつもりだと言った。銀行に勤めれば手っ取り早く稼げるから。

彼は老刀の反応が鈍く、とりあわないのを見て、老刀がそうした進路を軽蔑しているのだと思い、慌てて説明を加えた。

「今の政府は硬直していて、何をするのも遅く、改革できないんですから」張顥は続けて言った。「将来チャンスがめぐってきたら、仕事のやり方から効率的に改革しますよ。無能な連中は追いだすんだ」老刀が相変わらず無言なのを見て、また言った。「選抜の対象も広げないといけません。第三空間にも広げないと」

老刀は答えなかった。軽蔑していたわけではなくて、信じる気になれなかったのだ。

張顥は老刀とおしゃべりしながら、鏡に向かってネクタイを締め、スプレーで髪を整えた。水色のストライプのシャツを着こみ、ターコイズのネクタイを合わせていた。目を閉じ眉をしかめてヘアスプレーの霧を避けつつ、口笛を吹いた。

張顥は鞄を手にし、銀行にインターンに出かけた。秦天ももう出なければと言った。彼は午後四時まで授業があるのだった。出かける前に、老刀の前で五万元の手付金をネットバンキングで老刀の口座に振りこみ、残りの金は彼女に届けてくれたら支払うと約束した。老刀は尋ねた。この金は長いことかかって貯めたものじゃないのか。学生だから苦しければ少しまけてもいいと。秦天は構わないと言った。インターンで金融コンサルタント会社に勤めており、月に十万元くらいになるから。給料の二ヶ月分なら支払えます。老刀の月収は一万元で、格差を思い知らされたが何も言わなかった。秦天は老刀に必ず返事をもらってくるようにと頼んだ。老刀は努力すると答えた。秦天は老刀に食べものと飲みものの場所を教え、安心して部屋で転換を待つように言った。

老刀は窓から街路を眺めた。窓の外の日光が落ちつかなかった。太陽は意外と薄い白で、黄色ではない。陽光の下で街路は広々として、錯覚かもしれないが、第三空間の二倍くらい広さがあるように思った。建物は高くなく、第三空間よりずっと低かった。外には人が大勢おり、誰もが道を急いでいる。ときどき小走りに人混みをすり抜けて行く者がいたが、すると前を歩く人も歩みを早めるのだった。道を渡るときにはほとんどみな小走りだった。大多数はきちんとした身なりで、若い男はスーツを着て、女はブラウスとミニスカート、首からはスカーフを長く垂らし、手にはかっちりしたハンドバッグを提げ、いかにも仕事ができそうだ。車の通りも多く、交差点で待っていると、車の窓から首を突きだしていらいらしながら前を見ている姿が目についた。老刀はこんなに多くの車を見ることはめったになかった。慣れているのはリニアモーターカーのぎゅう詰めの車輌くらいで、加速してうなりを上げてすぐ脇を通りすぎるのだった。

昼の十二時になったとき、外で物音がした。老刀はドアののぞき穴から外を見た。通路はベルトコンベアーになって動き始め、各部屋の前に出されたゴミ袋を突き当たりのダストシュートに押しこんだ。通路に霧がかかり、細かな石鹸の泡となって、ふわふわと下に降り、それから水が流れ、流し終えるとスチームが出た。

背後で突然物音がし、老刀はぎょっとした。振り返って見ると、秦天のもうひとりのルームメイトが自分の部屋から出てきたところだった。若者は無表情で、老刀を目にしても挨拶もしなかった。ベランダの横の機械のところへ行くと、スイッチを入れる。機械からガシャガシャと音がしたかと思うとおいしそうな匂いがして、若者はできあがった料理を持ってまた部屋に戻った。半開きの扉から、若者が床のブランケットと山になった靴下の間に座りこみ、何もない壁に向かって食事しながらげらげら笑っているのが見えた。ひっきりなしに手で眼鏡を押しあげていた。食べ終えると皿を足下に置き、立ちあがった。また壁に向かってボクシングの仕草をし、力いっぱい何やら見えない相手を押し返し、ときどき背負い投げをして、息を切らした。

老刀の第二空間での最後の記憶は街の転換の優雅さだった。マンションの窓から見下ろしているし、すべては羨ましくなるほど整然としていた。夜の九時十五分を迎えると、通りのブティックからは一軒ずつ灯りが消えた。食事の後の団体客が顔を紅潮させて互いに別れを告げる。若い男女がタクシーの外でキスしている。それから誰もが建物に戻り、世界は息を潜めた。

夜十時になった。老刀は自分の世界に戻り、仕事に向かった。

三

第一空間と第三空間を直接つなぐ廃棄物移送道はない。第一空間のゴミは輸送の途中で鉄のゲートを経るが、第三空間に輸送されるなり、ゲートはただちに閉じてしまう。老刀は地上から越境するのは気が進まなかったが、ほかに方法はなかった。

吹きすさぶ風の中、老刀は回転する土地をよじ上り、手がかりになる飛びだした鉄骨を一つずつつかみながら身体と精神の平衡を保った末に、最も遠く感じる世界の地面に這いつくばった。よじ上っているうちに頭がくらくらして、胃も気持ち悪かった。吐き気をこらえて、しばらく地面に横たわっていた。

身体を起こしたとき、夜が明けた。

老刀はこれまでこんな景色を目にしたことがなかった。太陽がゆっくり昇ってくる。空のてっぺんは深く混じり気のない青で、その下をだいだい色がふちどり、斜めに薄雲が走っていた。太陽を遮る建物の軒は際だって黒く、背後のまばゆさと対照をなしている。太陽が昇って空の青は薄くなったが、いっそう静かに透きとおってきた。老刀は立ちあがり、太陽の方向に駆けだした。あの薄れてゆく金色をつかまえたかった。青い空に木の枝のシルエットが見えた。胸が高鳴ってやまなかった。日の出がこんなに感動的だとは知らなかった。

老刀はしばらく走り、立ちどまって、気持ちを落ち着かせた。通りの真ん中に立っていた。両側には高く木がそびえ、芝生が広がっている。あたりを見回したが、視界に入る限りではどこにもビルの影はなかった。本当に自分は第一空間にやってきたのだろうかと困惑を覚えた。二列のたくましいイチョウの木が見えた。

数歩後ずさりし、自分が走ってきた方向を見た。街角に標識がある。携帯に保存してきた地図を開いた。第一空間でライブマップを見る権限はなかったが、静止画地図を事前にダウンロードしてあった。さっきは巨大な庭園から駆けだしてきたのだ。転換の場所は園内の湖のほとりだった。

老刀は万物が静まりかえった街を一キロ走り、探していた地区をたやすく見つけた。灌木の茂みの後ろに隠れ、遠くからその美しい住宅を眺めた。

八時半に、依言が現れた。

秦天が語っていたように清楚ではあったが、そこまで美人ではなかった。老刀はそれについては予想していた。秦天が言ったような美しい娘がいるわけはない。なぜ秦天が特に唇について語ったかはわかった。目と鼻はごく平凡で、ただちょっと上品だという程度で、取りたてて言うような特徴はなかったからだ。スタイルは悪くなく、骨格がきゃしゃなせいで、背は高かったがほっそりと見えた。乳白色のワンピースの裾をひらひらさせ、パールの飾りのついたベルトを締め、黒いハイヒールを履いている。

老刀はそっと近づいた。びっくりさせないように、わざと真正面から近づき、遠くから頭を下げた。

依言は立ちどまり、驚いた様子で老刀を見た。

老刀は近づいてここに来た理由を説明し、ラブレターとペンダントの入った封筒をふところから取りだした。

依言の顔には慌てた表情が浮かび、小声で言った。「ひとまず行ってください、今はお話しできないんです」

「え……特にお話しすることはありませんが」と老刀は言った。「手紙を預かっただけなので」

彼女は受け取ろうとせず、両手をしっかり握りしめて言うばかりだった。「今は受け取れません。もう行ってください。お願いだから行っていただけますか」うつむいてバッグから名刺を取りだした。「お昼にここに訪ねてきてください」

目を落とすと、名刺には銀行の名前が書かれていた。

「十二時に。地下のスーパーで待っていてください」彼女はつけ足した。

老刀は彼女が異様に動揺しているのに気づいたので、うなずいて名刺をしまった。また灌木の茂みの陰に隠れて遠くから見守っていると、すぐに男が家から出てきて、依言に寄りそった。男は見たところ老刀とそう変わらない年で、少し若いくらいだろうか。身体にぴったりしたダークグレーのスーツを着ていた。背が高くがっしりした体格なので、腹は出ていないが厚みのある体つきだ。男の顔だちは特徴的なものではなく、眼鏡をかけ、丸顔で、髪は横分けにしてきっちりなでつけられている。

男は依言の腰に手を回し、唇にキスした。依言は避けようとしたが、そのまま身を震わせ、手を身体の前に置いてとても不自然な姿勢をとった。

老刀にも事情が飲みこめてきた。

小さな自動車が家の前にやって来た。ひとり乗りの二輪車は黒くて屋根がなく、テレビで見た古代の馬車か人力車のようだったが、馬も車夫もいない。車が止まって前方に傾くと、依言は乗りこんで腰を下ろし、スカートを整えては膝を隠し、裾を垂らした。車は徐々に前進を始めたが、ちょうど見えない馬に引かれているようだった。依言を乗せた車はゆっくりとなめらかに進んだ。依言が去ってから、無人運転の自動車がやって来て、男が乗りこんだ。

老刀は元の場所を行ったり来たりしていた。何かが胸につかえたようだったが、何とも言いようがない。日光の下に立って、目を閉じると、朝の青空のもと清冽で澄んだ空気が肺にしみわたり、落ちついた慰めをくれた。

しばらくして、彼はやっと出発した。依言から渡された住所は彼女の家から東へ三キロ少々のところだった。通りには人の姿はほとんどなかった。八車線の広い道路には時たま車が通ったが、素早く通りすぎるので車の様子をはっきり見ることができないほどだ。たまに着飾った女が二輪車に乗って歩行者天国の横をゆっくり通ったが、ファッションショーのように、端然と座った姿勢が優雅だった。老刀に注意を向ける者はいなかった。緑の樹が風にそよぎ、木蔭の道にロングスカートの香りを残した。

依言の職場は西単《シータン》の某所にあった。このあたりにはまったく高層ビルはなく、庭園を囲んで低層棟がいくつかあるだけだ。各棟はほとんど独立していたが、地下に下りて、ようやく棟と棟をつなぐ通路があることがわかった。

老刀はスーパーマーケットを見つけた。時間はまだ早かった。店内に入ると、小さなカートがついてきた。商品棚の前で足をとめると、カートのパネルには商品の紹介、評価と類似商品との比較が映し出される。店内の商品にはみな理解できない文句が書いてあった。食品のパッケージは手が込んでいて、小さく切ったケーキとフルーツが食欲をそそるように皿に並べられ、客が手に取るのを待っていた。老刀はそれらが危険な動物であるかのように、なにひとつ手を触れなかった。スーパーマーケットには警備員も店員もいないようだった。

十二時になる前に、客足が増え始めた。スーツを着た男が入ってきて、サンドイッチを取ると、入口のところでスキャンして足早に立ち去った。やはり老刀に注意を向ける者はいなかった。彼はドア付近の目につかない場所に立っていた。

依言がやってきた。老刀が近づくと、彼女は左右を見回して、何も言わずに老刀を隣のレストランへと連れて行った。チェックのスカートをはいた二体の小型アンドロイドが出迎えて、依言のハンドバッグを受け取り、ふたりを席に案内してメニューを手渡した。依言がメニューのボタンをいくつか押すと、アンドロイドは向きを変えて、安定した走りで厨房に滑って行った。

ふたりは向かいあってしばらく座っていたが、老刀はまた封筒を取りだした。

依言はしかし受け取らなかった。「……少し説明させていただけますか？」

老刀は封筒を彼女の前に押しやる。「まず受け取ってください」

依言は押し戻した。

「まず説明させていただけませんか？」依言はまた言った。

「説明する必要はありませんよ」老刀は続けた。「手紙はわたしが書いたわけじゃない、ただ届けに来ただけなんだから」

「でも帰って彼に伝えるんですよね」依言はうつむいた。アンドロイドがふたつの小さな皿を持ってきた。ひとりひと皿ずつ、薄く切った赤身の刺身がふたきれ、花びらのように盛りつけられていた。依言は箸を取らず、老刀も取らなかった。封筒はふたつの皿の中間によそよそしく置かれ、ふたりとも押し返そうとしなかった。「彼を裏切ったわけじゃないんです。去年、彼が来たときにはもう婚約していたんです。わざと隠しだてしたり騙そうとしたわけじゃなかったの、というか……でもそうね、騙したんです。だけど彼がそう思いこんだからよ。呉聞《ウー・ウェン》が私を迎えに来たのを見て、父かって聞くんだから。わたしは…答えようがなくて。そうでしょう、困ってしまって。それで……」

依言は声を詰まらせた。

老刀はしばらくして言った。「以前のことを追及するつもりはありません。手紙を受け取ってくれればそれでいい」

依言は長いことうつむいていたが、ようやく顔を上げた。「戻ってから、彼に黙っていてもらえますか?」

「どうして?」

「彼に遊びだったと思われたくないんです。気持ちの上では彼が好きなんです、自分でも複雑で」

「わたしには関係ないことです」

「お願いです……ほんとうに彼が好きなんです」

老刀はしばらくのあいだ沈黙した。決めなければならなかった。

「でもやっぱり結婚はやめなかったんですよね？」彼は尋ねた。

「呉聞はすごくよくしてくれて。長いつき合いなんです」依言は言った。「両親の知りあいなの。婚約してからもかなり経っていましたし。しかも……わたしは秦天より三歳年上だから、いやがられると思って。秦天はわたしをインターンだと思っていたのだけど、これはわたしが言わなかったのがいけないんです。最初は話を合わせていただけだったのが、そのまま言えなくなってしまって。彼が本気だなんて思わなかったから」

依言は少しずつ自分の話を始めた。この銀行の頭取の秘書で、就職してもう二年あまりが経っていた。国連に派遣されて研修を受けていたところ、あの会議の時期に当たり、アシスタントとして運営に参加したのだった。もともと働く必要はなく、夫の稼ぎで十分だったが、ひとりで家にいるのが嫌だったので、毎日半日だけ働いて半分の給与を手にしていた。残りの時間は自分で好きなように使え、何か勉強してもよかった。新しいことを学んだり新しい人と知りあったりするのが好きだったので、国連での研修期間の数ヶ月も気に入っていた。こんな既婚女性は多く、半日勤務のポストも多いと説明した。昼に彼女が退勤すると、午後には別の既婚女性が来て秘書を務めるのだ。秦天には事実を告げこそしなかったものの、彼女の心は偽りがないものだと言った。

「ですから」依言は老刀に新しく運ばれてきた熱い料理を取り分けた。「とりあえず黙っていてはもらえませんか？　私が自分で……直接彼に説明できるときまで」

老刀は箸をつけなかった。空腹だったが、今は食べてはならないと思った。

「わたしにも嘘をつけということですか」老刀は言った。

依言は後ろを向いてハンドバッグを開けると、財布を出し、一万元の紙幣を五枚老刀に押しつけた。「わずかばかりの気持ちです。取っておいてください」

老刀は驚いた。一万元の紙幣を目にするのは初めてだった。これまでこんなに大きな額の支払いが必要になったことなどなかった。思わず立ちあがった。怒りを感じた。依言が金を出した様子は、ゆすられることを想定していたかのようだ。それは受け入れられない。もし受け取ったら、賄賂を取ったのと同じで、秦天を裏切ることになると思った。秦天とはまったく同盟を結んでいるわけではなかったが、それでも彼を裏切っているように感じた。紙幣を叩きつけ背を向けて立ち去りたいと思ったものの、そこまではできなかった。その紙幣に目をやると、テーブルの上に広げられた五枚の薄い紙が、破れた扇子のようだった。その紙幣が体内にもたらす力が感じられた。薄い青色は、千元札の茶色や百元札の赤とは異なり、底知れぬはるかな距離を感じさせ、挑発的だった。もうひと目見たら立ち去ろうと何度も考えたが、結局できなかった。

依言は慌ててまたハンドバッグをひっくり返し、あらゆる隙間を探ったあげく、内ポケットからさらに五万元を出し、先ほどの金と一緒に並べた。「これしか持ちあわせがないんです、どうか受け取ってください」そして続けた。「人助けだと思ってください。彼に言いたくなかったのは、今後どうなるかわからないからでもあるんです。もしかしたらいつか本当に彼と一緒になる勇気を持てるかも」

老刀は十枚の紙幣を眺め、また依言に目をやった。依言は自分の言葉を信じていないように思われた。声はためらいに満ち、心を裏切っていた。ただすべてを未来に押しつけて、今このときの気まずさをごまかそうとしているのだ。秦天と駆け落ちするようなことはないだろうが、悪者になりたくないので、可能性を残しておくことで、心苦しさを薄めようというのだ。老刀は依言が自身を欺いていることを見てとったが、彼もまた自分を欺こうとしていた。自分にこう言い聞かせた。秦天に対しては何の義務もないし、ただ手紙を届けるよう頼まれただけだ。もう手紙を届けたのだから、この金は秘密を守るという別の依頼に対するものだ。さらに言い聞かせた。もしかすると彼女は秦天と将来本当に結婚するかもしれない。そうしたら手助けしてやったことになる。それに、糖糖のことを考えてみろ、他人のことなんかを気にして、どうして糖糖のことを放っておけるんだ。いくらか気持ちが落ちついてきて、指先で思わず紙幣の端に触れた。

「この金は……多すぎる」と言い訳をこしらえた。「こんなにたくさんは受け取れません」

「取ってください、構いません」依言は金を老刀の手に押しこんだ。「給料の一週間分ですから。構いません」

「……彼に何と言えば?」

「今は結婚はできないけれど、本当に好きなんだと伝えてください。手紙を書きますから、渡してください」依言はバッグから金で縁どられた孔雀の表紙のノートを取りだし、そっと一枚裂くと、うつむいて字を書いた。その字は傾いた葦のようだった。

最後に、老刀はレストランを出るとき、もう一度振り返って見た。依言の視線は壁の絵に注がれていた。じっと黙ったままの彼女の姿勢は優雅で、永遠にここを離れることがないかのようだった。

老刀は手でズボンのポケットに入れた紙幣をつかんだ。自分が厭わしかったが、紙幣をしっかりつかんでいたかった。

四

老刀は西単を後にして、元の道を帰っていった。朝の道をもう一度たどるうち、疲れに襲われて、これ以上歩けないように感じた。広い歩行者天国の両側にはヤナギとアオギリが植えられており、ちょうど晩春のことで、つややかな緑色をしていた。暖かな午後の陽光が老刀の強張った顔とうつろな心に降りそそいだ。

朝の庭園に戻ると、行き交う人が目立って増えていた。庭園の外には二列のイチョウの木が堂々と茂っている。門から黒い自動車が入った。園内の人々はほとんど身体に合わせて仕立てられたなめらかな生地のスーツをまとっていたが、黒の中国式の正装をしている者もいた。みな高慢そうに見える。外国人もいる。傍らの人と何か論じあっている者もいれば、遠くから互いに挨拶して、笑いながら手を取りあって進んでゆく者もいた。

老刀はどこに行ったものかとしばらくためらった。通りには人がほとんどおらず、ひとりで立っているととても目立つし、公共の場所に行けば注意を引きやすい。庭園に戻って早めに転換の地点を確認し、人のいない片隅で少し眠りたかった。眠くてしかたなかったが、外で眠る勇気はなかった。彼は園内に出入りする車が一時停止しないのを見て、試しに入ってみることにした。門のそばまで来たところで、二体の小型アンドロイドが警備していることに気づいた。ほかの人と車は問題なかったが、老刀が近づくと、突然ピーピーと警告音を鳴らし、車輪を走らせて向かってきた。静かな午後に警告音は耳をつんざくように響いた。園内の人の視線がみなこちらに集まる。老刀は慌てた。シャツがみすぼらしいからだろうか。小声でアンドロイドに、スーツは中に忘れてきたと説明してみたが、アンドロイドはただピーピーと警告音を発しつづけるばかりで、頭上の赤いランプを光らせ、何も聞きいれない。園内の人々は足をとめて彼を見やり、泥棒かおかしな人を見るような視線を投げた。すぐに、いちばん近い建物から三人の男が現れて、足早にこちらに向かってきた。老刀はあわてふためき、出て行こうと思ったがもう遅かった。

「どうしたんだ?」先頭の男が大声で尋ねた。

老刀は言い訳を思いつかず、無意識に手をズボンにこすりつけた。

三十代の男が先頭にいたが、駆けつけて来ると老刀の身体をぐるりと一周、ボタンのような小さい銀のディスクを上下に振った。その疑い深いまなざしは、缶切りで老刀の殻をこじ開けようとしているようだった。

「記録はありません」男は手にした銀のディスクを後ろに立った年上の男に見せた。「連れて行きますか?」

老刀は不意を突いて背を向けると駆けだし、庭園の外へ向かった。

しかし園外に出るより先に、二体の小型アンドロイドが音も立てずに彼の行く手をさえぎり、足にしがみついた。その腕は枷《かせ》になっていて、軽くはめただけで外れなくなる。彼は途端によろめき、転びそうになったが足をつかまれてひっくり返ることもできず、力なく空中に手をばたばたさせていた。

「逃げるのか?」若い男はさらに厳しく詰めより、老刀の眼を睨みつけた。

「わたしは……」老刀の頭の中はウォンウォン鳴っていた。

一体のアンドロイドは老刀の足をしっかり締めつけて持ちあげ、アンドロイドの車輪の横についた台に乗せると、ぴったり足並みを揃えていちばん近い建物に向かっていった。安定した素早い走りで、揃っていたので、遠くから見たら老刀が風火輪〔神話の哪吒太子の武器。車輪の形をした乗り物〕に乗っていると思ったかもしれなかった。老刀はどうすることもできず、内心しまったと叫んだだけで、ほかには言い逃れのしようもなかった。どうしてこんなに粗忽だったのだろう。人がこんなに多い場所で、警備の目がないわけはないだろうに。眠くてぼんやりしていたせいで、肝心な場所でこんな単純な過ちを犯してしまった。これですべてはおしまいだ。金も没収され、刑務所に入れられる。

小型アンドロイドは小径から建物の後ろに回り、裏口のポーチで止まった。三人の男たちも追ってきた。若い男と年配の男は老刀の処置について言い争っているようだったが、ふたりの声は低く、聞こえなかった。しばらくして、年配の男は老刀のところに来ると、アンドロイドのロックを解除し、腕をつかんで二階に上がった。

老刀はため息をつき、心を決めた。ここまで来たら運命に従うしかない。

年配の男は老刀をある部屋に連れて入った。ホテルの部屋だと気づいた。とても広く、秦天のフラットのリビングより広く、自分の借りている部屋の倍はありそうだった。部屋の色調は沈んだ金褐色で、中央には巨大なダブルベッドが置かれていた。ベッドの後ろの壁にはグラデーションカラーの抽象画がかかっている。掃き出し窓、白く透けたカーテン、窓の前には小さな丸テーブルと二つのソファーがある。老刀は不安を感じた。年配の男の身分と態度が不明だった。

「座りなさい」男は彼の肩を叩き、笑った。「もう大丈夫だ」

老刀は疑いの目で彼を見た。

「第三空間から来たんだろう?」男は彼をソファーのところへ連れてゆくと、座るよう手で示した。

「どうしてわかったんですか?」老刀は嘘をつけなかった。

「ズボンでだよ」男は手で彼のウエストを指した。「タグがついてるだろう、このブランドは第三空間でしか売っていないんだ。子供の頃、母がよく父にこのブランドを買っていたよ」

「とおっしゃると……」

「敬語はいらないよ。あんたよりたいして年上でもあるまい。今年いくつだね? わたしは五二歳だが。……ほら、四歳しか変わらない」男は口をつぐむと、また言った。「わたしは葛大平《ゴー・ダーピン》だ。老葛《ラオゴー》と呼んでくれ」

老刀は少し肩の力が抜けた。老葛は背広を脱ぎ、肩を回すと、壁の中から一杯白湯を取って老刀に渡した。老葛は面長で、目尻も眉尻も、両の頬もやや下がり気味で、眼鏡も下にずり落ちていた。やや縮れた髪がもじゃもじゃと頭にのり、口を開くたびに眉毛がぴょこぴょこつり上がって、コミカルな効果をあげている。老葛は自分でお茶を入れ、老刀にも飲むかと尋ねた。老刀は首を横に振った。

「わたしも第三空間から来たんだ。同郷のようなものだろう」老葛は言った。「だから気楽にするといい。権限も多少はあるから、あんたを突きだしたりはしないよ」

老刀は長く息をつき、幸運に感嘆した。そこで第二、第一空間に来た経緯をひととおり話したが、依言の愛情についての詳細は省き、ただ手紙を届けて帰りを待つだけだと説明した。

老葛はそこで他人行儀にせず、自分の状況も話してくれた。小さい頃から第三空間で育ち、両親は配達員をしていた。十五歳で士官学校に合格し、それからずっと軍隊にいて特殊技能兵となり、レーダー研究に携わった。苦労をものともせず高い技術を身につけたのに加え、機会にも恵まれ、レーダー部門の主管に昇進し、上級大佐となった。しかしコネのある家の出ではなかったのでそれ以上の出世は望めず、転属を申しでて、第一空間のサポート部門に移った。政府企業に警備保障を提供するほか、会議出張の手配など、さまざまなセッティングを提供する部門だ。ブルーカラーではあったが、政府の要人に関連するため、管理上の都合からずっと第一空間に暮らしていた。そうした人々は少なくない。シェフ、医師、秘書、執事などみなハイクラスのブルーカラーと呼べるだろう。老葛の機関は重大な会議をいくつも請け負ってきて、老葛は主任を務めていた。老刀にはわかった。老葛は謙遜してブルーカラーと言っているが、第一空間で仕事ができるのは一流の人間ばかりで、シェフにしたって大変なことだし、ましてやレーダー管理ができて第三空間から上がってきたのだから並大抵ではない。

「ここでひと眠りしなさい。夜になったら食事に出よう」老葛は言った。

老刀はあまりの待遇に驚き、自分の幸運をほとんど信じられなかった。安心できたわけではなかったが、白いシーツと重ねられた枕の呼びかけに応じ、足からはすぐに力が脱け、ひっくり返って数時間眠りこけてしまった。

目覚めたときにはすでに暮れ方だった。老葛は鏡に向かって髪を整えていた。彼は老刀にソファーの上のスーツの制服を示して着替えさせ、胸にうっすら赤く光るバッジの身分証をつけた。階下に降りると、老刀は大勢の人が来ていたことに気づいた。ちょうど何かの式典が終わったばかりらしく、ロビーに集まった人々は三々五々話をしている。ロビーの奥が会場で、扉はまだ開いていた。扉は見たところ厚く、マホガニー色のレザーでカバーされている。反対側は白いクロスのかかった高いテーブルで、クロスの四隅に金色のリボンが蝶結びにされていた。テーブルの中央の花瓶にはユリの花が一本生けてあり、花瓶の横にはクラッカーやドライフルーツが並べられ、傍らの長いテーブルにはワインとコーヒーが用意されていた。人々は会話しながら高いテーブルの間を行き交い、小型アンドロイドが頭にお盆をのせ、飲み終えたグラスを片づけていた。

老刀はできるだけ落ちついて老葛についていった。会場に入ると、巨大なボードにこう書いてあるのがふと目に入った。

折りたたみの都市五十周年。

「これは……何ですか？」老葛に尋ねた。

「ああ、記念パーティーだよ」老葛は会場のセッティングを監督しているところだった。「小趙《シャオチャオ》、ちょっと来てくれ、テーブルの名札のチェックをもう一度頼む。アンドロイドは人間ほど当てにならんことがあるからな、融通がきかないから」

会場は晩餐会のしつらえで、どの円卓にも色鮮やかな花束が飾られていた。

老刀はぼんやりとした感覚にとらわれた。隅に立ち、会場中央の巨大なシャンデリアを眺めていると、光り輝く現実に覆われながら、その片隅に追いやられているようだ。舞台中央には演壇があり、その背景のスクリーンには北京の街の様子が流れていた。航空撮影だろう、街全体の風景が映しだされ、夜明けと日暮れの光、赤紫と群青の空、雲が高速で流れ、月が隅から昇ってきたかと思うと、太陽が屋根の上に没する。広大で中心の通った配置、中軸線に沿って対称な都市設計、六環路まで伸びる青レンガの中庭と広い面積の緑の公園。中国式建築の劇場、和風建築の美術館、ミニマリズムのコンサートホールといった建築群。それから都市の全景、真の意味での全景が、転換する都市全体の両面をとらえたショットも含め映しだされた。大地が回転し、裏側からもう一つの都市が現れる。尖ったオフィスビル、活気に満ちたサラリーマンたち、夜のネオン、白昼のような空、雲つくばかりにそびえた公営住宅、映画館やクラブといった娯楽。

しかし老刀の働く場所はなかった。

彼は注意深くスクリーンを見すえ、都市が建築された当時の歴史が映されないかと思った。父の時代を見たかった。小さい頃に父はよく窓の外のビルを指さして、「その頃おれたちは」と言ったものだった。狭い部屋の中央には古びた写真がかかっていて、写真の中の父はレンガを積みあげる作業をつづけ、幾度も幾度も際限なく繰りかえしていた。当時の老刀は毎日何度もその写真を見て飽きがきていたが、今はたとえわずかでもレンガ積みのシーンを見たいと望んだ。

老刀は恍惚に浸っていた。転換の全景を目にしたのは初めてだった。ほとんど自分がいつ腰を下ろしたか気づいていなかったし、周囲の人々が席に着いたことにも気づいていなかった。壇上の人物のスピーチの最初の数分間は、まったく聞いていなかった。

「……サービス業の発展に有利であります。サービス業は人口の規模と密度に依存するからです。現在、われわれの都市のサービス業はすでにGDP（国内総生産）の八五パーセントを占めており、世界の一流都市の普遍的な特徴に合致します。それから、もっとも重要なのはグリーンエコノミーとサーキュラーエコノミーです」この言葉が老刀の注意を捉えた。グリーンエコノミーとサーキュラーエコノミーとは職場のスローガンで、壁に人間の身体より大きな文字で貼りだされている。壇上の講演者を見やった。白髪の老人だったが、元気みなぎる様子で続けた。「……ゴミの完全な分別処理により、われわれは今世紀のエネルギー節減と有害物質の排出量の削減目標を前倒しで実現し、汚染を減らし、体系的で大規模なサーキュラーエコノミーを発展させました。毎年使用済み電子機器から回収された貴金属は完全にリサイクルされており、プラスチックの回収率も八〇パーセント以上に達しております。回収は直接リサイクル工場と連携しており……」

老刀の親戚にはリサイクル工場に勤めている者がいた。市街地から離れたハイテクパークで、ただひたすら工場、工場、工場ばかりだった。そこでは工場はどれも大差なく、機器はオートメーション化され、作業員の数はごくわずかで、彼らが夜に集まると、荒野の集落のようだと聞いた。

老刀はまだぼんやりとしていた。スピーチが終わって、熱烈な拍手が湧き起こり、ようやく乱れた思いから引きだされた。合わせて拍手したが、何の拍手かはわからなかった。講演者が舞台から下り、メインテーブルの中心に座るのを見た。誰もが彼の動きを追っていた。

突然老刀は呉聞に気づいた。

呉聞はメインテーブルの隣のテーブルについていたが、講演者の老人が戻ってくると立って酒を注ぎに行き、それから何か彼に話がある様子だった。講演者は席を立ち、呉聞とともにロビーに移動した。老刀も思わず立ちあがり、好奇心に駆られてふたりについて出た。老葛はどこかに行ってしまい、周囲では料理が供され始めた。

老刀はロビーに行き、遠くから眺めた。会話は途切れ途切れにしか聞こえなかった。

「……これを承認するメリットは大きなものです」呉聞は言った。「そうです、あちらの設備は見てきました……オートメーションによる廃棄物処理で、溶液で分解すれば、そこから大量に原料を抽出できます……清潔で低コストです……ご検討いただけますでしょうか？」

呉聞の声は低かったが、「廃棄物処理」の語は老刀にもはっきり聞きとれ、思わず歩みよった。

白髪の老人の表情はかなり複雑なもので、呉聞が話しおえると、ややあって尋ねた。「溶液に汚染性がないのは確かなのか？」

呉聞は少しためらった。「現段階ではゼロではありません……ですがすぐに最小限に抑えることができます」

老刀はすぐそばまで来ていた。

白髪の老人は首を横に振り、じっと呉聞を見据えた。「そんなに簡単にゆくものか。そのプロジェクトがスタートしたら、大規模な改革が必要になるし、作業員も不要になる。そうしたら今の労働力はどうするのだ、一千万人に上るゴミ処理作業員が失業したらどうするのだ？」

白髪の老人はそう言うと背を向け、会場に戻った。呉聞は毒気を抜かれた体で立ちつくしていた。老人にずっと従っていた秘書らしい男が呉聞のそばに行き、同情をこめて話しかけた。「戻って食事を楽しんでください。もうこのことは考えないで。雇用問題は何より大切だって理屈はご存知でしょうに。そういう技術が前に提案されなかったわけはないでしょう？」

老刀は彼らの話が自分にも関係することだと勘づいたが、どうするのがよいことなのかよくわからなかった。呉聞の顔には困惑した、悩ましげな、同時に従順な表情が浮かんだ。老刀は突然悟った。この男にも弱い部分があるのだ。

そのとき、白髪の老人の秘書が突然老刀に気づいた。

「おまえは新しく来たのか？」彼は突然尋ねた。

「ええ……そうです」老刀はぎょっとした。

「名前は？　新しく人を雇ったとは聞いていないが」

老刀は慌てて、胸が早鐘のように打ち、どう答えたらよいかわからなかった。胸の係員バッジを示し、そこに名前が浮かびあがらないかと祈るような気持ちだった。しかしバッジには何も書かれていなかった。手には汗が滲みだした。秘書は彼に目を注ぎ、疑いの色を深めた。手近な係員をひとりひっぱってきて尋ねたが、その男は老刀のことは知らないと答えた。

秘書は怒りに顔を青黒くして、片手で老刀の腕をつかみ、もう片方の手で通信機を操作した。

老刀の心臓は喉から飛びだしそうだった。しかしちょうどそのとき、老葛の姿が見えた。

老葛は急いで駆けよりながら、通信機のボタンを押して、笑顔で秘書に挨拶し、腰をかがめると、臨時にほかの部門から借りだした同僚だと説明した。会議に人手が足りなくて、臨時に手伝ってもらっているんです。秘書は老葛が事情を把握していると知ると、それ以上は追及せず、会場に戻っていった。もう身分を取り調べられないようにと、老葛は老刀を自分の部屋に連れて戻った。煎じ詰めれば身分証がないので、老葛にもどうしようもないのだった。

「宴席で食事する運はなかったね」老葛は笑った。「しばらくしたら、何か食べるものを持ってこよう」

老刀はベッドに横たわり、またうとうとした。呉聞と白髪の老人が話していたことを繰り返し考えていた。ゴミ処理のオートメーション化とは、どういうことだろう、本当に導入されたら、よいことなのか悪いことなのか。

次に目覚めたとき、老刀は料理の匂いに気づいた。老葛は丸テーブルに幾皿かの料理を並べ、壁に作りつけのレンジから最後の皿を取りだすところだった。老葛は瓶に半分入った白酒《バイジウ》と二つのグラスを出して注いだ。

「ふたりしか座っていないテーブルがあって、ほとんど箸をつけていない料理を持って帰ってきたんだ。これで我慢してくれ、いやでなかったらな。そのふたりはすぐに帰ったから」老葛は言った。

「いやだなんてことは」老刀は言った。「食べるものがあるだけでありがたいです。こんな上等の料理を。高いんじゃありませんか?」

「これは内部で用意したものだから、値段はついていないよ。いくらするものなのかね」老葛はもう箸を動かしていた。「まあ並みだろう。一、二万元の間で、中でも高めの皿は三、四万元というところかな。そんなもんだよ」

老刀は食べはじめてすぐ本当に空腹だったことに気づいた。飢えに抗する方法ならわかっていて、一日何も食べずにいても平気だった。身体は少しばかりふらふらするが、精神には影響なかった。今になって、ようやく自分の飢えに気づいた。できるだけ急いで咀嚼《そしゃく》したが、歯の速度は空っぽな胃の速度に追いつかなかった。慌てて詰めこんで、ひと口酒を飲んだ。この白酒は香りがよく、つんとする刺激はなかった。老葛はゆったりと、笑みを浮かべて彼を見ていた。

「そうだ」老刀はいくらか腹が満たされると、先ほどのことを思いだした。「今日スピーチをしたのは誰ですか? 見覚えがあるような」

「よくテレビに出ているからね」老葛は言った。「われわれの上司だよ。やり手のじいさんだ。実務に携わっていて、都市の運営に関わることはみな彼が取り仕切っている」

「ゴミ処理のオートメーション化について話していたんです。改革の計画があるんですか？」

「それはわからないな」老葛は酒をひと口含み、げっぷをした。「ぎりぎりのところだろう。鍵になるのは、どうして当初人力による処理を導入したかだ。当初の状況は二十世紀末の欧州と似たようなもので、経済は発展したが失業率も上昇し、紙幣を印刷しても効果がなく、フィリップス曲線では説明がつかなかった」

　老刀が唖然としているのを見て、老葛は笑いだした。「まあいい、わからないだろう」

　老葛は老刀とグラスをぶつけ、ふたりは同時に飲んでまた注ぎたした。

「いずれにせよ失業の話だ、それならわかるだろう」老葛は話を続けた。「人件費が上がって、機械のコストが下がれば、ある時点で機械の方が安くなる。生産力が改革によってアップグレードされると、ＧＤＰも増大するが、失業率も上がる。どうする？　政策で保護するか？　福祉に頼るか？　労働者を守ろうとすればするほど工場は人を雇いたがらなくなる。街の外を見てみるといい、あの数キロの工場地帯にどれだけの人がいるか。農場もそうだろう？　大規模農場は数千畝《ムー》〔中国の面積の単位。一畝は十五分の一ヘクタール〕の土地を擁しているが、すべて設備化されて必要な労働力はたかが知れている。わたしたちが欧米を追い越したのは、こういう大規模化によってだろう？　ただ問題は、土地が広くなって労働力が不要になったら、その人間をどうするかということだ。欧州では無理やり一日の就労時間を減らして就業機会を増やしたが、それでは活力は低下するばかりだ。いちばんいいのは一部の人間の生活時間を減らして、何か仕事を与えることだ。わかっただろう？　夜に押しこめるんだ。それにはもうひとつ利点がある。インフレが起きてもほとんど底辺には影響せず、貨幣を増刷するにせよ貨幣を使うにせよすべてローンを組める人間によって消化され、

ＧＤＰは増大するが底辺の物価は上がらないんだ。みんなこれを知らないんだよ」

老刀はわかったようなわからないような気持ちになった。しかし老葛の言葉のなかに冷やっとするものが含まれているのは感じとれた。老葛はおどけた口調で語ったが、おどけたというよりは、あまり直接的な口調になるのを避けるためにわざとそうしたという方がふさわしかった。

「あまりぞっとしない話だが」老葛は自分でも認めた。「でもそういうことだ。ここに住むようになったからこちらの連中の味方をするわけじゃない。ただ長くなると、感覚が麻痺して、変えようのないことについては受け入れるようになってしまう」

老刀は老葛の話がつかめてきたが、何と答えるべきかわからなかった。

ふたりとも少し酔った。ふたりは酔いに任せて、昔のことを次々に話した。子供の頃に食べたもの、学校での喧嘩。老葛は酸辣粉と臭豆腐が好きだったが、第一空間では長いことありつけず、なつかしくて仕方なかった。老葛の父母はまだ第三空間にいたが、しょっちゅう帰省するわけにはいかなかった。毎回帰省の際には申請が必要で実に不便なのだった。第三空間と第一空間には公的な通路があり、多くの特殊な人物はそれを使って行き来しているという。老葛は両親に渡すものを老刀に預けて、少しでも埋めあわせをしたいと頼んだ。老刀は孤独な少年時代について話した。

薄暗い灯りの下で、老刀は昔のことを思いだした。ゴミ処理場の隅をひとりでうろついていたあの時間すべてを。

いつのまにかもう深夜だった。老葛はまだ夜の会場のセッティングを確認しなければならなかったので、また老刀を伴って下に降りた。階下ではダンスパーティーが終わりに近づき、ホールから男女がちらほらと出てくるところだった。老葛は、企業家経営者は精力旺盛で、明け方まで踊りつづけることが多いと言った。パーティーの後のダンスホールは散らかっていて、化粧を落とした女のようだった。老葛は小型アンドロイドが乱雑な中をひとつひとつ片づけているのを見て、これが第一空間の唯一の真実の時間だと笑った。

老刀が時計を見ると、転換まであと三時間あった。気持ちを整理して、帰ることにした。

五

白髪の講演者は晩餐会の後で執務室に戻り、書類をいくつか処理したあとで、欧州とテレビ電話をした。十二時に疲れを感じ、眼鏡を外して鼻梁の両脇を揉み、帰宅の支度をした。深夜まで仕事をするのが常だった。

電話が突然鳴り、彼はイヤホンのスイッチを入れた。秘書からだった。

大会の研究グループに問題が発生した。事前に印刷してあった大会宣言のある数値の事前の計算結果に誤りがあることが、昼間になって発覚したというのだ。宣言は会議の二日目に全世界に向けて読みあげられる予定で、印刷しなおすべきか指示を仰ぎたいという。老人は即座に承認した。これは重大なことだ、誤りがあってはならない。責任者の名前を尋ねると、秘書は呉聞主任だと答えた。

老人はソファーにもたれて少し眠った。明け方四時に、再び電話が鳴った。印刷に手間取り、あと一時間かかるということだった。

老刀は起きあがって窓の外を見た。夜更けて静まりかえり、漆黒の夜空に静かなオリオン座の明るい星々が輝いていた。

オリオン座の星々は鏡のような湖面に映っている。老刀は湖水のほとりに座り、転換が訪れるのを待っていた。

老刀は夜の園林を眺め、この風景を目にするのは最後だろうと考えていた。それが悲しかったり名残惜しかったりするわけではない。静かで美しくはあったが、自分には関係のないことで、羨望や嫉妬は覚えなかった。この経験を記憶にとどめたいと思っただけだ。夜の灯りはわずかで、第二空間にいっぱいのネオンよりずっと少なく、建物からは深い寝息が聞こえるかのように、静かでおだやかだった。

朝五時、秘書から電話がかかってきた。資料は印刷を終えましたが、印刷所をまだ出ていないので、転換の時間を人為的に遅らせることはできませんか。

老人はきっぱりと言った。当たり前だ、遅らせるに決まっている。

五時四十分、資料は会場に届いたが、まだ三千部の会議ファイルに挟みこまなければならなかった。

老刀はかすかな光を目にした。この時期の六時はまだ夜明け前だが、もうぼんやりと曙光が見えた。

すべての準備を済ませ、幾度も携帯電話で時間を確かめた。妙なことに、あと一、二分で六時なのに、まだまったく動きがなかった。きっと第一空間の転換は安定してなだらかなのだろう。

六時十分、資料はすべてファイルに挟みこまれた。

老人は息をついて、転換の開始を命じた。

老刀は地面がようやく動きだしたのを見て、立ちあがり、しびれかかった手足を動かし、注意深く亀裂の縁に近づいた。土地の亀裂が広がり、両辺が同時に持ちあがった。老刀は片方の断面に向かって移動し、後ろ向きになってまず足で探りながら、手で地面をつかんで下りていった。大地は回転し始めた。

六時二十分、秘書がまた緊急の電話をかけてきて、呉聞主任が重要書類を保管したデータキーを会場に忘れたので、アンドロイドに片づけられる前に取りに行かなければならないと言った。

老人は苛立ったが、しかたなく転換を停止し、元に戻すよう命じた。

老刀は断面を少しずつ移動しているところだったが、突然地面の動きが止まり、反対に回転しはじめ、分かれた土地がまた合わさろうとしているのに気づいた。ぎょっとしてもと来た方向に慌てて戻り始めた。振り落とされるのを警戒して、手をつき、極めて慎重に進んだ。

地面が戻る速度は想像以上に速く、地上にたどり着くと同時に合わさり、片足が挟まれてしまった。土なので足が切断されるはめにはならずにすんだものの、がっちり挟まってしまい、何度か試してもひっぱりだせなかった。彼は内心まずいことになったと悲鳴を上げた。焦りと痛みで頭のてっぺんから汗が噴きだした。誰かに見つかったかもしれなかった。

老刀は地面に伏して、静かに周囲の動静をうかがった。バタバタと近づいてくる足音が聞こえたように思った。すぐに警察がやって来て、捕まえられ、挟まった足は切断され、傷口もそのままに監獄に放りこまれるのではないか。いつ身元が露見したのだろう。緑の草に覆われた地面にうつ伏せになっていると、朝露の冷たさが伝わった。湿気が襟元と袖口から身体に沁みわたり、おかげで意識ははっきりしたが、震えが止まらなかった。黙って時間を計算し、ただの技術的な問題であるようにと祈った。もし捕まったら何と言えばよいだろう。これまで二十八年間実直に働きつづけてきたことを訴えて、同情を得るべきだろうか。裁判にかけられるのだろうか。運命は前方から近づきつつあった。

運命は胸元にひたりと迫った。この四十八時間の経験すべてを考えると、もっとも鮮明な記憶は最後の夜に老葛が語ったことだった。いくらか真相に近づき、それによって運命の輪郭が見えてきたように思った。だがその輪郭はあまりに遠く、あまりに静かで、手の届かないものだった。すべてを知ることにどんな意味があるのだろうか。何かがはっきり見えたとしても、それを変えることができないのなら、どんな意味があるのだろう。見定めることすらできないまま、運命は時に形をとる雲のように、たちまち見えなくなってしまうのだった。自分は数字にすぎないとわかっていた。五千一二八万という数字の中で、ただの平凡なひとりにすぎなかった。もし一二八万のうちのひとりに生まれていたら、四捨五入して存在すらなかったことにされてしまい、塵芥にさえ数えられない。老刀は地面の草をつかんだ。

六時三十分、呉聞はデータキーを取り戻した。六時四十分、呉聞は部屋に戻った。

六時四十五分、白髪の老人はついに疲れて執務室のベッドに横たわった。指令はすでに下され、世界の歯車はゆっくりと回りだした。執務机とティーテーブルには透明なプラスチックの蓋がかぶせられ、置かれたすべてをカバーして固定した。ベッドからは催眠ガスが出て、周囲に柵が立ちあがり、そして地面から抜けだした。地面が回転しても、ベッドは籠のように水平を保っていた。

転換が再び始まった。

老刀は三十分間の絶望の後に突然希望を見いだした。地面がまた動き始めた。老刀はまず全力で足をひっこぬき、地面が十分な高さまで持ちあがってから断面にまた移動した。より慎重に撤退する。血液が再び流れ始めた足は刺されるような痛がゆさに苛まれ、百本の爪で引っかかれているようだった。何度も老刀は転び、耐えがたい痛みに襲われたが、歯を食いしばり拳を握りしめて忍んだ。転んでは起き、転んでは起き、角度が刻々と変わる断面でやっとのことで平衡を保っていた。

自分がどうやって足を引きずって階段を上がったのか覚えていない。ただ記憶にあるのは、秦天がドアを開けたとき、気を失ったということだ。


第二空間で、老刀は十時間眠った。秦天は友人に頼んで老刀の足の傷を処置してもらった。筋肉と軟部組織が広範囲にわたって傷ついたため、長いこと歩くのに支障が出るだろうが、幸い骨は折れていなかった。目覚めてから依言の手紙を秦天に渡したが、秦天の幸福そうな、やがて落胆した様子を見て、何も言わなかった。秦天は距離のもたらす期待にしばらく浸りつづけるだろう。

再び第三空間に戻ってくると、一ヶ月も留守にしていたような感じがした。都市はゆっくりと目覚めはじめ、住民はいつもの眠りを経て、前日の続きを過ごすだけだ。誰も老刀がいなかったことに気づかないだろう。

歩行者天国の営業が始まるとすぐプラスチックのテーブルにつき、焼きそばを一皿頼み、生まれてはじめて細切りの肉を追加した。一度だけだ、と老刀は考えた。今回だけご褒美だ。それから彭の家に行き、頼まれたふた箱の薬を両親に届けた。ふたりはもう身体を動かすのも不自由になっていて、朴訥な娘が住みこみで介護をしていた。

怪我した足を引きずってゆっくり自分のアパートへ帰った。通路はごたごたとやかましく、目覚めの時間の洗面やトイレを流す音、騒ぐ声に満ちていて、乱れた髪やいいかげんに引っかけた寝間着が戸の内外を行き来していた。彼は長いことエレベーターを待ったあげく、階上に着くと言い争う声が耳に入った。よく見てみると、隣の家の蘭蘭《ランラン》と阿貝《アベイ》が家賃の集金に来た老婦人と揉めていた。公営住宅だったが、社区ごとに統一の家賃集金の代理人がおり、どの建物にも、あるいはどの階にもそれぞれ集金人がいる。この老婦人も昔からの住人で、息子はどこへ行ったのやら知れなかった。痩せて枯れた老婦人はひとり暮らしで、ドアはいつも閉ざされていて他人とのつきあいはない。蘭蘭と阿貝はここでは比較的新しい住人で、衣料品を売っている若い娘たちだ。阿貝の声は甲高く、蘭蘭にとめられたので逆ねじを喰わせ、蘭蘭が泣きだしたところだった。

「契約通りだよ」老婦人は壁のスクリーンに流れる条文をつついた。「嘘なんかついたことはない。契約とは何か知ってるかね？　秋冬は一〇パーセントの暖房費が加わるって、はっきり契約書に書いてあるじゃないか」

「どうしてよ？　どうして？」阿貝はあごを上げて、勢いよく髪を指で梳きながら言った。「あんたのやり口に気づかないとでも思ってるの？　仕事に出てる間は暖房を切っておいて、わたしたちから取った暖房費をピンハネして電気代だけを払ってるくせに。毎日仕事から帰ると部屋の中は氷みたいに冷たいじゃない。私たちは新しく来たから簡単に騙せるとでも思ってるわけ？」

阿貝の声は尖《とが》ってよく通り、空気を切り刻むようだった。老刀は阿貝の顔を見た。若く、意気軒昂で、美しかった。阿貝と闌闌はずいぶん老刀を助けてくれている。留守にしている間、しょっちゅう糖糖の面倒を見てくれたし、お粥を作ってくれたりした。阿貝にもう騒がないでほしいと思った。こんな些細なことは忘れて、とにかく騒がないでほしい。若い娘は静かに座って、スカートで膝を隠して、ほほえんできれいな歯をのぞかせ、小声で話すといい。そうしないと愛してもらえない。そう言いたかったが、ふたりの娘にとって必要なのはそんなものではないとも知っていた。

老刀は服の内ポケットから一万元札を取りだし、力なく老婦人に手渡した。老夫人は口をあんぐり開け、阿貝と闌闌も呆然とした。老刀は説明する気になれず、手を振って自分の部屋に戻った。

揺りかごのなかで、糖糖はちょうど目を醒ましたばかりで、まだぼんやりと目をこすっていた。糖糖の顔を見ていると、一日のあとで疲れた心がほぐされてゆくのを感じた。初めてゴミ処理場の門のところで糖糖を抱きあげたときの、泣き疲れて汚れた顔を思いだした。この子を抱きあげたことを後悔したことはない。糖糖はにっこりして、口でちゅぱっと音を立てた。老刀は自分がやはり幸運だと感じた。足は怪我したものの、捕まることもなかったし、金を持って帰って来られた。糖糖はいつ歌と踊りを身につけて、優雅な女性に育つだろうか。

時計を見ると、そろそろ出勤の時間だった。

弦の調べ

一

広場。黄昏。倦み疲れての演奏。

空はしんとどこまでも広がり、金色の雲が糸のようにほぐれ、天の果てに散り敷かれている。夕陽の残光が鳥の巣スタジアムの隅を照らし、巨大な鉄骨の構造物の明暗をくっきりと分けており、明るく光を反射する西側に対し、東側は影に沈み、錆の浮いた壮大な建築は強烈なコントラストのために古びて見え、切り立った崖の上に本物の枯れ枝で鋳造した巣がうち捨てられたようだった。夥しい群衆が逃げようと押し合いへし合いする中、年季の入ったスタジアムも悲しげな雰囲気をまとい、第一楽章の葬送行進曲の哀悼のムードと互いを引き立てあっている。

演奏会はこれといって変わったところもなく進行していた。すでに一二一回目となる演奏会で、出演者たちの気持ちも盛りあがりに欠け、聴衆も心ここにあらずの体だった。誰もが気がかりなことを抱えているのだ。新しいレパートリーで、たとえマーラーの二番のような激情的な曲でさえ、大半の人々は頭をすっきりとさせておくことができなかった。繰り返しによって感覚は失われた。最初の砲声が響いたとき、客席にはすでに眠りこんでいる聴衆もいた。

攻撃の開始は、大多数の人々にとっては寝耳に水だった。そのときわたしは毎日の習慣通りステージの上から客席の聴衆を眺めていた。たえず母の腕から抜けだして遊びに行こうとする子供たちもいたが、母親は許さず、抱きしめた上に手でぎゅっと子供の肩をつかまえていた。母親たちはいつもステージに顔を向けているものの、演奏を聴いているわけではなく、視線はあちこち泳ぎ、スカーフに隠れた額には疲れた皺が寄っていた。それも当然だ。こうした状況で『復活』を演奏するのはよい思いつきではない。そもそも晦渋な難曲、深遠な大曲だから、こんな状況下の演奏では、よけいに聴衆を集中させるのは難しい。指揮者を除けば、わたし自身さえも含めて誰もが心ここにあらずの体だった。第五楽章に入って間もなく、遠く砲声が連続して轟き、楽曲と混じりあった。その瞬間は、みなはただの音響効果だと思っていた。

ドーン！　ドーン！　その効果は絶大で、沈んだ音楽と調和して、人の心を揺さぶった。ステージの上にいる人も下にいる人も一緒に茫然と聴き入っていたが、ややあって、ようやく誰かがその音の正体に気づいた。

ひとりが立ちあがり、大声で遠くを指さした。みなはぎょっとして、立ちあがって後ろを見ると、森林公園の方に炎が見え隠れしているのが目に入った。しばらくのあいだみなはためらい、無言のまま互いに顔を見あわせるほか、ただ指を腕に食いこませるしかなかった。遠くから炎は見えるものの、人々の逃げ惑うさまは見えない。空気はまだ静かだった。演奏はなお続けられ、唯一の音であるソプラノが、四方の静寂をますます際立たせた。

ややあって、音の波が伝わってきた。爆発と燃焼の激しい波が熱風を後押しし、熱く燃える空気とともに凝縮、膨張、再圧縮を経て、黄昏の冷気を貫いてうなりをあげながら、遠くからすぐそばまで伝わってくると、勢いを弱めながらも暴力とざわめきの混じった激流と化した。遠くのくぐもった爆発音が苦痛を圧し、それが曖昧であればあるほど人々を怖じ気づかせた。周囲の人々は避難し始めた。悲鳴、狼狽、混乱。攻撃がこちらに向かっていることを示す手がかりは何もなかったが、人々はやはりなりふりかまわず南に詰めかけ、押し合いへし合いし、奔流になると、転んだ者やまだ歩きだしていない者をまたぎ越えて行った。先ほど子供を抱いていた母親たちは、今度は雌鶏が翼を広げてひよこを守るように子供をすぐ傍らに守り、左手で引っ張り、右手も身体に添えて、子供がついて来られずによちよちと走っているところに、周囲の人がぶつかって来るのを防ぐため、雌牛のような力を発揮した。甲高い叫びが時ならず鼓膜を震わす。

わたしたちはまだ演奏を続けようとしていたが、どれだけ力を尽くしても、曲はやはり衝撃に耐えられずばらばらになってしまった。ヴァイオリンにはクラリネットが聞こえず、ティンパニーは入る箇所を間違え、舞台の外ではコントラバスに倒れかかった者がおり、胴にひびが入るくぐもった音がした。演奏者たちも恐怖を感じはじめ、弦楽器の音には意図せずしてヴィブラートがかかった。指揮者だけが台上でオーケストラの平穏を保とうと最大限に努めていたが、どんなに努めたところで、復活の天国にはたどり着けなかった。

燃える橙紅色の光の中、わたしたちは演奏をあきらめた。空の色は夕陽とあいまって、橙色から金色に変わり、群青色に溶けた。わたしたちはステージに座ったまま、みなと一緒に逃げようとはしなかった。最後まで楽器の撤収を待たなければならない。誰も口をきかなかった。静寂が天と地に満ち、悲鳴も、周囲で泣き喚く声も聞こえない。

人の流れが側を通ってゆき、舞台は難破船のようになった。楽器の間に腰を下ろしたわたししたちは、逃げてゆく人々を見ていたが、彼らはわたしたちを見なかった。これまでの経験からすると、今回のは激しい攻撃とはいえなかった。空の色は次第に薄くなり、燃焼が次第に衰え消火に向かっていることを示していた。攻撃はすでに止んでいるのかもしれなかったが、人々の避難の勢いは止まることなく、避難者は広場の四方八方から途切れることなく押し寄せ、スタジアムに逃げこもうとし、ショックによって蘇った恐怖の記憶のために隠れ家を見つけようとしているようだった。後で知ったのだが、これは海軍の隠れた指揮拠点を爆撃したもので、これまでと同様に正確で、余計な攻撃もせず死者も出さず、戦火は森林公園の外に広がってくることはなかった。その日のわたしたちは安全だったのだ。しかしまさにその瞬間には、怖れにこわばった顔を目の当たりにして、みなの避難が大袈裟だと言える者はいなかったはずだ。

宴の後、散らかったステージには音の破片だけが残っていた。

攻撃者は終始姿を現さなかった。空がすっかり暗くなって、ようやく飛行機の機影に気づいた。デルタ翼の戦闘機が四機、青味がかったほの暗い空を滑空し、ただちに姿を消した。翼は閃光を残し、成層圏の見えない高みに消えていった。

戦闘の三年目から、わたしたちの公演は義務となった。いつのことだったか、人々は鋼鉄人が古い都市や芸術に関係する場所を破壊しないことに気づいた。最初は想像にすぎなかったが、注意深い実験によってやがて証明された。農村や小さな町の人々は狂ったように古い文明の都を目指し、庇護を求め、芸術公演団体はわけもわからず防衛の責務を負わされ、毎日どこかで公演を行うことになったが、公演の行われる地域は攻撃を受けなかった。それがわたしたちの公演だった。

鋼鉄人の母星がどこなのかを知る者はない。彼らは地球人の言語を理解するが、地球人に彼らの言語を理解させようとはしなかった。彼らがいったいどんな生物なのかを知る者はいない。侵略からわずか三年で、戦闘は枯木を押し倒すくらいにたやすいものとなり、地球人は反撃の機会もないまま敗北しつづけ、一貫して抵抗こそつづいていたが、人々の絶望は深まっていった。逃亡兵は伝染病のようにはびこり、逃げだす者が増えるにつれて、逃げつづける者も増えていった。テレビでたまに姿を現した宇宙人を目にすることもあるが、地球人より背が高く、二メートルから三メートルの間で、流線型の鋼鉄の外見からは、決して表情の冷酷さと正確さを見てとることはできなかった。

恐怖、悲しみ、疑い。人心が乱れ、流言は絶えず、鋼鉄人のさまざまな行動の噂がささやかれた。彼らはある音楽家を捕獲した。彼らは歴史博物館の資料を略奪した。彼らは古蹟と美術の殿堂を撮影し、研究し、保護した。彼らは抵抗軍に対して容赦なく、完膚なきまでに殺戮しつくすが、科学、芸術、歴史に関する団体を選びだしては寛容に遇する。それは統一がとれつつも分裂した肖像画のように、かたや残酷、かたや寛容で、暴力主義なのか貴族主義なのかつかみどころがなかった。彼らは月に住んでいて、月の裏側と同様に、決して正面から人類に対峙することはない。人間はただ推測するしかなく、推測の中で芸術公演を行い、芸術家をわけもなく超人に仕立てあげた。これが果たしてどういう防衛なのかわたしたち自身にもわからないが、受動的なのに責任重大で、厳粛でありながら、芸術の本来の意義は失われている。

三年の間に、人々の熱血は現実へと変わっていった。鼓舞された戦闘は生きのびるための妥協へと変わり、生存のために積極的に学習した。科学と芸術を学べば、活路が与えられるかもしれない。おとなしく彼らの覆う空の下で暮らしていれば、なかなかの人生が送れないとも限らない。屈服し、あきらめ、彼らの空の下で太平を謳歌しさえすればよいのだ。

しかしいつでもそれに甘んじることなく、現実から離れた最後の幻想を抱く者がいるものだ。

林《リン》先生は月を爆破しようと考えた。

「先生！　先生！」突然ある声によってわたしは物思いから現実に引き戻され、我に返った。娜娜《ナナ》だった。協奏曲を弾き終えたところだ。

「今のところ、これでいいですか？」娜娜は尋ねた。声には苛立ちがあった。

「ああ、まあまあだ」少々気まずかった。彼女の演奏をほとんどちゃんと聴いていなかったのだ。戦時下にあって、集中を乱されることなくヴァイオリンを教えるのは難しかった。先生にはその力があったが、わたしにはないとわかっている。短期記憶として記録された臨時録音を探してみたが、今の演奏らしいものを探し当てたものの、欠けていて、コントラストが不鮮明だった。仕方なくこう言った。「悪くないよ、先週よりよくなった。ただ……ちょっといらいらした感じだよ」

「もう弾きたくないからです」娜娜は言った。「母にもうやめたいって言っていただけませんか」

「どうして？」

「アレクソンが行ってしまうんです。来週すぐに」娜娜は口をつくままに言った。

「どこへ？」

「言いませんでしたか？」彼女は続けた。「両親とシャングリラに行くんです」

「ああ、そうだった、度忘れしていたよ」

娜娜は確かに前にそう言っていた。彼女は十七歳で、アレクソンは意中の男の子だ。もともと同級生だったが、学校が休校となったこの二年間、逆に二人の距離は縮まっていた。アレクソンの家は強い勢力を持っていた。鋼鉄人は地球にいくつかの地域を区切って彼らの制御センターを設置し、地球侵略の拠点としたが、ごく少数の金と権力のある人類が彼らに選ばれて傀儡の管理者となった。アレクソンの一家も選ばれた。この世の天国の神話と天から降臨した征服者の力を借りて、人間界の仙境に移住し、人の世の国王になるのだ。娜娜は一緒に行くことができず、身も世もなく悲しんだ。

「先生、先生にも好きな女の子がいたでしょう?」娜娜は言った。「わかりますよね、彼が行ってしまったら、もう何を習っても意味がないって」娜娜は窓の外を見ており、その表情は憂鬱で悲しげだった。世の中の混乱は彼女にとってはどうでもよいことで、二人の愛が大事なのだ。前からヴァイオリンをやめたがっていたが、母親が許さなかった。アレクソンと一緒に鋼鉄人の管理区域に行きたがっている。彼を愛しているのだ。「母に言っていただけませんか、もうやめるって。わたしも行きます。彼は連れて行ってくれるはず」

どんな態度で答えればよいかわからなかった。彼女はわたしを信頼してくれ、母親に言わないようなことも教えてくれる。しかしこうした信頼には応えられなかった。母親に頼んでやると約束することはできるが、傍観者の立場から見て、彼女がアレクソンとシャングリラで幸福に暮らせるとは思えない。しかし彼女を説得することはできそうになかった。説得したところで彼女は信じようとしないだろう。

鋼鉄人の嗜好が明らかになってから、ヴァイオリンを習う者の数は幾何級数的にふくれあがった。どの親もすべてを擲《なげう》ってでも子供に身を守るための芸術を習わせようとし、個人で教えている演奏家は応じきれないほどだった。これ以上個人レッスンを受け入れることはできないので、グループレッスンで四、五人は一度に教えなければならず、狭い家はますます混みあった。

そうなればなるほど、わたしは生徒に向ける顔がないと感じるようになった。こうしたときに、こうした生存の必要のためにヴァイオリンを教えるのには、負いきれないほどの奇妙な責任感が伴った。マホガニーの家具には後ろから圧迫され、譜面台の楽譜には追い立てられるような速度が記され、窓から差しこむ月光がふりまくのは誰もが知る威嚇の香りだ。

娜娜と雯雯《ウエンウエン》は最近レッスンを始めた女の子たちだ。娜娜はやめたがっているが、雯雯は誰より上達を切望している。彼女の母は避難の際に足を負傷してしまい、娘のためだけに耐え、家産のすべてを傾けてヴァイオリンを習わせていた。未来の一家の希望はすべて彼女の細いヴァイオリンの弓にかかっているかのようだった。雯雯は誰よりも努力家だった分、演奏の際にも他の子たちにはない頑固な硬さがあった。

「雯雯、肩の力を抜いて、指が硬すぎるよ」

雯雯は顔を赤らめて、もっと懸命に弾きはじめたが、そうするとかえって指に力が入ってこわばってしまい、音は硬直して安定せず、移弦のときも耳障りだった。この子は真剣で、あまりに真剣すぎるために反応が遅れているのがわかった。

「ちょっと待って」わたしは気分をやわらげようと、笑って言った。「雯雯、どうしていつもそんなに緊張しているんだい？　何かあった？　緊張することないよ。こうしよう、目を閉じて、ひと休みして、もう一度そうっと静かな気持ちで試してみよう。心が落ちついて準備ができたら始めよう。ほら、焦らないで、深呼吸してごらん」

雲雯は言われた通り、深呼吸して、目を閉じてまた開いた。しかし出だしから間違えてしまった。彼女は弾くのをやめ、わたしが何か言うのを待たずに弾き直したが、また間違えた。もう一度弾いたが、最初の音ですら合っていなかった。彼女はまた目を閉じて、深呼吸し、目を開いたが、開いたときには涙が溢れそうだった。それでも弾こうとしたものの、弓が重すぎるかのように、持ちあげようとした腕はぐんにゃりと垂れた。彼女はうずくまって、おびえた子猫のように泣きだした。怖くなったのだ。

わたしの心も彼女の涙とともに重くなった。泣きながら彼女はつぶやいていた。絶対うまく弾けるようにならなきゃいけないのに、弾けなかったらどうしよう。月光が窓から差しこみ、丸まった彼女の背中に降りそそぎ、青白く照らしていた。

二

鋼鉄人は虐殺はせず、ひたすら正確だった。数万メートル以上の成層圏を飛ぶので、ミサイルも届かないが、彼らの方では狙い違わず地球の制御センターを爆破できるのだ。指揮官と武装した兵士だけを攻撃し、市民は巻き添えにしなかった。どれだけの指揮官が命を落としたことだろう、千万の精鋭の頭脳が流砂のように消えていった。制御基地を移転したところで無駄だった。

制御に電磁波を用いれば、夜中にサーチライトを点灯するようなもので、鋼鉄人たちはいともたやすく管制官の潜む位置を発見してしまう。どこに隠れても、地下室の爆撃は逃れられなかった。司令部が立てつづけに爆破され、軍隊と武器こそ残っていたが、指揮と管制のできる者が減りつづけていた。敗退はほとんど避けられないし、時には出撃前に激情のままに誓いを立てたとしても、子供が空に向かって拳をふるうようなものだった。

失敗はほぼ運命づけられていたが、人々の問題は投降すべきかどうかということだった。投降するとして、彼らの意に沿うようにすれば、人類は生きのびられる。彼らが人類を滅亡させようとしているような形跡はなかった。抵抗軍と市民に対する態度は天地の差だった。目的はどうやら地球を服従させることのみにあるらしく、抵抗しなければ殺戮はなされない。それどころかもとあった土地の占有と所有権に基づく支配すら影響を受けなかった。彼らの勝利は正確さと分割ゆえだ。投降が最善の策であることをすべてが告げていた。

ごくわずかな人々が背水の陣で最後の抵抗をしようと求めていた。それはパリの対ナチスレジスタンスのようでもあり、清軍が侵入した後に唯一残った抵抗組織のようでもあった。

林先生は抵抗者だった。なぜ彼だったのかはわからない。侵攻前にこの日が来ることを想像したとして、誰が抵抗者となるかを考えたら、百人の名前を挙げたとしても林先生とは思い及ばないだろう。音楽教師にすぎないし、定年を控えたごく普通の指揮科の教員で、性格は控えめで、どんな政治運動にもデモにも参加したことはなかった。どれだけ考えても彼だとは思いつかなかったはずだ。林先生はもともとヴァイオリンを専門にしていて、わたしも十歳の頃から師事し、ずっと昔から先生がクラシックの理想のお手本だった。音楽にどっぷり浸かって、人の世よりも広大な世界に生きており、心を乱されることなく無口で、思惟は深く粘り強かった。憂慮を覚えることもあったかもしれないが、顔に表すことは決してなかった。先生は六十歳でまだ学びつづけていた。

どうしたって思いつきようがなかった。林先生が月の爆破を提案するなどとは。

「その話は後だ」林先生はわたしを窓辺へ連れて行った。「これを見てごらん」

林先生の家に行ってわたしが最初にしたのはもちろん計画の具体的な手順を尋ねることだったが、先生はもっと大事なことを考えているらしく、何も言わずに窓辺のカウンターの前にわたしを誘《いざな》った。

胸のうちの疑惑はひとまず置き、わたしはしかたなく先生について紙と楽譜が広げられた机のそばに行き、指示されるままにびっしりと詩歌のように並んだ数字に目をやった。数字はすべて分数で、一行ずつ上から下に、あるものは一行に二、三個、あるものは一行に一個だけ記され、雑然とした中にも秩序があった。紙の反対側には、ばらばらの音符が同様の行列にひとつずつ対応するように並べられている。その間にはアルファベットと記号があり、紙全体はさながら暗号で書かれた異世界の文章のようだった。目を走らせると、こうした紙は机にあと五、六枚あった。

「最近になって知ったんだが、宇宙にはこんなにたくさんの音符があったんだ」林先生の声には溢れる賛嘆の中にかすかな悲しみが滲んでいた。「宇宙のあらゆる片隅に、どんな片隅にもだ。すべて自然の音楽だ。もしもっと早く知ることができたらよかったのに」先生はまた図を取りあげて見せた。図はわたしも知ったもので、着色した太陽系の構造だった。「見てくれ、太陽系の惑星の軌道は一連の同じ音だが、隣りあった軌道の差はその前の軌道との差の二倍で、弦に見立てれば八度ずつ上がっていくことになる。それからこれ、これはブラックホールの周囲で発見された信号で、周期信号だが……何というのだったかな？」

林先生はそう言いながら、ぐるりと向きを変えて後ろに質問した。つられて後ろを見ると、室内のドアを背にしたソファーに誰かが座っていた。わたしよりいくらか若い男子学生だ。窓からの光がちょうど彼の顔に当たり、短い髪の毛がつんと立って、微笑みを浮かべた顔は、際立って清潔に見えた。林先生の質問に、彼はまずわたしに目をやると、かすかにすまなそうな笑みを浮かべ、自然に答えた。「準周期振動です」

「そうだ、準周期振動だ」林先生は話を続けた。「ブラックホールの周囲の準周期振動だ。だいたい二つのピークがあるんだが、ほら、これが共振の周波数で、二対三、ドとソの五度だ。それから三対四、ドとファの四度。これこそ完璧でいちばん自然な和音だ。わたしがしようとしているのはこの絶対周波数を相対音高に変換することだ。こんなふうに」先生はさっき目にした数字と音符の表を手にし、「それからこれらをメインコードにして曲を作る。曲名は『ブラックホール』、名前も自然物だ」先生のわたしを見る目は深く雄弁で、期待の光に満ち、その光の集中は年齢を超えるものだった。低い声はかすかに興奮を帯びていた。「以前はこの部分を理解していなかったんだ。実にもったいないことをした。共振の影響力だよ。倍音だ。わかるか？　われわれの宇宙も共振から生まれたのだ。長三和音の天然の共鳴のように、宇宙の始まりも倍音の振動が強まることから、万物が創造されたのだ。すばらしいことだ。そのすべてをつきとめることができたらどんなによいだろう。宇宙の誕生のあの一瞬にさかのぼり、そのときの振動の周波数を音符に変え、曲に翻訳し、この上なく調和のとれた輝くコードにしたら、どんなに美しいだろう。

『宇宙』レクイエム、誕生と永遠。しかしわたしはものにするには年をとりすぎている。それとも斉躍《チーユエ》に……」

林先生はここまで言うと、突然何かを思いだしたかのように、そっとわたしの腕をとって言った。「まだ紹介していなかったね。斉躍だ、ここでヴァイオリンを二年習っている。天体物理の研究者だよ」

林先生はソファーを指し、それでわたしはようやく斉躍と初めて正式に向かいあって立った。

「よろしく」彼は先に笑って手を出した。

「よろしく」わたしは言った。「陳君《チェン・ジュン》だ」

林先生は話を続けた。研究したい理論について、宇宙と音楽との関係について、完成しきれない遠大な計画について。先生の話は真剣で情熱的で、長いこと話し続けては、肝心なところにくると紙に文字や図を記したり、五線譜を探して音符を書きこんだりして、自分の考えを説明した。話しているうちに興に乗って、机に伏して書き直しはじめ、時々ピアノの蓋を開けて何小節か弾いてみては、眉根を開いたかと思うとまた寄せ、最後には完全にふだんの仕事の状態に入ってしまい、わたしたちがまだいることを忘れたかのようだった。机に向かう先生の濃いグレーのハイネックのセーターの背中は見えていたものの、近づくことはできなかった。先生は月の計画には結局触れなかった。それがわたしを招いた本来の目的だったはずなのに。たぶん忘れたのだろうと思った。

出て行くとき、振り返って見ると、先生は紙の山から何かを探しているところで、その動作は俊敏で厳密だった。

もう暮れ方で、斉躍と一緒に下に降りた。古い建物なのでエレベーターがなく、階段室をぐるぐると下に降りていった。斉躍はわたしの前を行き、夕陽が通路の小窓から彼の頭に落ちて、髪が光と影の中に踊った。彼は手をポケットに突っこみ、足取りは軽快だった。

突然ある予感がした。先生の計画にはきっと彼が大きく関係している。

「斉躍」後ろから呼びとめた。

斉躍は振り返り、わたしを見た。表情は微妙で、わたしが何を言おうとしているか知っているようだった。

「林先生の月の計画について、どれくらい知っている?」

「どの部分について?」

「原理だ。原理なら知っているはずだろう?　教えてくれないか、いったい成功する可能性はあるのか?」

斉躍はしばらく押し黙り、かすかに笑って言った。「テスラはこう言ったことがある。『わたしがその気になりさえすれば、地球をまっぷたつに割ることができる』」

わたしはしばらく考えた。「なら君は……できると思うのか?」

彼は正面から答えようとはせず、親指で後ろを指して言った。「明日暇だったらおれの研究所に来るといい。見せたいものがある」

初対面の相手に対する信頼に驚いたが、断らなかった。うす暗く古い通路で、斉躍の顔は生き生きとして、鼻から下は影になっていたが、目は炯々《けいけい》と輝いていた。

斉躍の研究所は町はずれにあり、広大で、敷地には太いアオギリがたくさんあった。ただこんなに静かで、人影ひとつ見えないとは思っていなかった。おだやかさの中に石にもしみこむほどの寂寥があり、木の枝がざわざわと音を立てると、その寂寥は数倍に拡大され、四方八方から人体に侵入するのだった。

通路はがらんとして、大理石の床が人の灰色の影をぼんやりと映し、ひと目で最奥部まで見通すことができた。食堂の門は固く閉ざされていたが、事務室の扉は開けっ放しのところもあり、風によって開いたり閉じたりして、中の大きくて何もないパソコンデスクと本棚が目に入った。通路の両側の掲示板にも何もなく、砂漠のような板には小さな画びょうがさしてあるばかりで、字も絵もなかった。足音がこだまし、時たま巨大なコンピューター設備の並ぶ部屋の前を通ると、ディスプレイにむらなく埃が積もっているのが目に入った。

この場所の閑散とした様子に驚いたが、口には出さず、ずっと斉躍について誰もいないロビー、階段と休憩所を通り抜け、西側の最上階に位置する小さな事務室にやってきた。そこは大きな制御区域のひと部屋で、制御区域には塵ひとつなく、すっかり廃墟となった建物の中にあって清潔さが際立ち、毎日清掃が入っていることが見てとれた。小さな事務室には黒い木製の机と書棚があり、窓は大きく、窓辺から広々とした芝生と遠くの山が見えた。机の上には古い型のオーディオがあった。

斉躍がパソコンを立ちあげると、並べて設置された六台のディスプレイが同時に起動した。慣れた手つきでいくつかのウィンドウを開くと、黒い背景色の周波数のスペクトル、青い背景色の数値座標、それからカラー背景の衛星画像が現れた。最後のウィンドウはヴァイオリンとピアノのクローズアップ写真だった。

「知ってるか？」調整を済ませると、斉躍はすぐに説明しようとはせず、ディスプレイを放置してカウンターに尻を乗せ、わたしに言った。「おれが人生でいちばん尊敬している人はテスラだ。だってすごすぎるだろう。発明したものを聞けば驚くぞ、交流電流、高電圧送電、無線通信、X線撮影、レーザー効果、電子顕微鏡効果、レーダーの原理、コンピューターと論理ゲート、さらに宇宙からの電磁パルスを受信し、球電をつくり出した。生涯に七百以上の発明をしたが、どれをとっても驚異的だ。実際、現代の世界はすべて彼のこうした発明の上に築かれたもので、ほかの誰の発明が欠けてもかまわないが彼のだけはなくては困る。そういう人物だよ」

斉躍は熱をこめて話し、その口調はあこがれに満ちていた。その気持ちはわたしにも理解できた。時にわたしたちがベートーヴェンについて語るとき、賛美の言葉は敬服の念から出るばかりでなく、心の底からの感情をすべての人に聞かせたいという思いから出るように。

「本題に入ろう」斉躍は続けて言った。「テスラというのは面白いやつだ。昨日彼の言葉を教えただろう？　あの言葉が出た状況というのはこうらしい。本当かどうか知らないけど、テスラが建築中の摩天楼の最上階に上がり、小型の発振機を梁に取りつけ、共振を発生させたもんで、建築作業員たちはパニックになった。そこでテスラは、発振機をひとつ与えられれば、地球を真っ二つにできるって言ったんだと。『我に支点を与えよ。されば地球をも動かさん』っていうのとそっくりじゃないか。ただ、アルキメデスのは比喩だけど、テスラがすげえのは実現できるからだ」

「それは……共振のことか？」

わたしは物理の概念についていは聞きかじりにすぎなかった。

「そうだ。周波数が同じか倍数になれば、振動が互いに刺激される」

「刺激すれば振動で亀裂が入るのか？」

「固体の強度の限界を超えればそうなる」

「なら……先生はその原理を利用して月を爆破しようと？」

斉躍はうなずいた。「そうだ。宇宙エレベーターを利用する」

「宇宙エレベーター？」

わたしは息を飲んだ。

ほかのことはともかく、宇宙エレベーターなら知っていた。ナノテクノロジーによるはしごで、地表から月の表面まで伸びている。一般にはジャックの豆の木と呼ばれている。これに沿って雲の上まで登れるからだ。誰もが宇宙エレベーターのことは知っている。建設される数年前から、メディアはすでに派手に宣伝して密着報道し、空にかかる過程に至っては数ヶ月にわたって全世界に生放送された。多くの国が共同投資し、多くの機構が共同開発し、多くの国の宇宙飛行士が護送に携わった。それだけで充分に耳目を集めるのだから、月と地球をつなぐ将来の可能性についてはいうまでもない。月の鉱物を地球に輸送し、地球では月に送る科学探索要員を養成する。将来は月に実験基地、発射基地、居住区を建設する。しかし二〇二二年に建設されてから、わずか二年後には鋼鉄人の襲来を受けることになった。それからというもの、一切の活動は停止され、宇宙エレベーターは空しくたれ下がっていた。もし斉躍が持ちださなければ、生きのびられるかどうかを心配しているあらゆる人々と同様に、わたしもその存在をほとんど忘れていた。五年の時が過ぎるのは早かった。特にこの五年間は。五年前の発射の様子はまだはっきりとまならうらに残っているのに、五年後の地球はすでに様変わりしていた。これは見る者を悄然とさせた。繁栄のあとの荒廃は痛ましかった。

しかし、宇宙エレベーターでどうやって月を爆破するというのだ？　まさかエレベーターを発振機にして、月を共振させるのか？　それはあまりに奇妙に聞こえた。宇宙エレベーターがどれだけ頑丈だとしても、細いナノテクノロジーのケーブルにすぎないのだ。

「あんなに細いエレベーターで、月を振動させられるのか？」

「周波数だ。共振を引き起こす周波数を見つけられれば、振動はずっと拡大させられる」

「じゃあどうやって宇宙エレベーターを振動させるんだ？」

「同じことだ、共振だよ」

斉躍は話しながら映像を開いた。わたしはディスプレイに目を凝らす。動画を再生する小さなウィンドウの中に、大きな橋が崩壊する画面が現れた。画面は粗く、ぶれていて、古い手持ちの機材で撮影したものだと容易に見てとれた。大河にかかっていた巨大な橋が、風に吹かれて突然揺れはじめ、外在的な理由や破壊の形跡は一切ないのに、揺れがひたすら激しさを増し、橋面は振動の中で歪み上下に起伏する不定形の曲面に変わって、道路は練り消しゴムのように湾曲し、振動がある程度に達したところで頂点が崩落し、橋面が砕け、避難の間にあわなかった車が大河に転落した。

「これは二十世紀、四〇年代のタコマ橋だ。八〇〇メートルあり、風で振動が起こった。ここを見てくれ」

斉躍は言いながら、もう一つの小さな動画ウィンドウを開いた。画像には白い雲のような渦巻きが絶えず後方に流れていた。画像からわかるのは、白い渦巻きは雲の層の一部分で、円形の区域の後方に形成され、整然と並び、振動しながら遠くに流れていることだった。雲の層の下は地球の青い海と白い陸地と山で、白い渦巻きは空高く連なっていた。それが何なのかはわからないが、衝撃的だった。空にはこれほど巨大で人に知られぬ構造が、国の大きさを超えるはるかな規模で、壮麗かつ静かに広がり、盛りあがっては散じているのだ。空の下のすべては急にまるで取るに足らないものに化したようだった。

「これは大気が柱状のものにぶつかってできた渦の連なりで、振動しながら前後に衝撃を与える。タコマ橋はこのせいで崩落したんだ。フォン・カルマンが発見した。おれが二人目に尊敬する人だ」

わたしは少し考え、その論理を整理しようとした。

「だから、弦を弾く必要があるんだ」斉躍は最後に言った。

ひとことでわたしは急に目が覚めた。

それが林先生の計画だった。ようやくいくらかわかった。わかってしまえばますます驚きは強まった。こんなに奇想天外な思いつきで、天地の弦を弾いて月を打ち砕くとは。斉躍の解説があっても、疑いは晴れなかった。斉躍は宇宙エレベーターの制御部分に近づくことができると言い、こう語った。かつての実験室は地球と月の合同実験室で、月の実験センターを遠隔制御して核融合やブラックホール実験、宇宙線の観測ができるので、現在は鋼鉄人によって制御が断たれているが、彼らのセンターはまだ地上から宇宙エレベーターに接近する権利を持っている。

「でも、月が振動で割れたら、地球も破壊されるんじゃないのか？」

「そうなるだろう」

「そうなる？」

「そうだ。ただ壊滅的な事態には至らない。振動の起きる箇所は地震のように局地的に激しく揺れるだろうが、地球全体には影響はない」

「それはつまり……」

斉躍はゆっくりと顔から笑みを消した。「弦を弾く者だけが地震に囚われることになる」

それで理解した。力を尽くして宇宙エレベーターを振動させ、それによって局地地震が起き、自分の身を滅ぼすことになるのもためらわないのだ。自らの命と月の命を引き換えにすることだ。先生がそんな方法で抵抗しようと考えていたとは。乾坤一擲《けんこんいってき》の勝負で弦を震わせて天地の哀歌を響かせ、死なばもろともの方法でいくばくかの自由をあがなう。反抗が絶望に達しての最後の反抗だ。先生がそこまで思いつめていたとは知らなかった。正面きっての攻撃の機会はすでに失われており、挽歌によってわずかに一曲分の剛直を勝ち得るしかない。これではっきりした。われわれの作戦は演奏だが、作戦そのものがこの上なく孤絶された演奏なのだ。

斉躍に尋ねたくて仕方なかった。きみはそれだけの価値があると思うかと。

斉躍は突然振り向くと、長く息を吸い、頭を窓の外の広々とした芝生の方に傾け、わたしを見て言った。「この研究所がどうしてこんなに閑散としてるか知ってるか？」

わたしは首を振った。

斉躍は口もとをかすかにほころばせた。「ほかの人たちはシャングリラと月に引き抜かれたからだよ」

そういうことか。

悟るところがあった。思いついてしかるべきだった。斉躍の研究所は世界最高の研究所の一つであり、宇宙エレベーター計画の主な参加機関で、月の先鋒実験室の主要構成員だった。鋼鉄人は各種の芸術家と科学者を保護し、鋼鉄人に仕えさせるべく募集をかけており、地球最高の楽団は大半が引き抜かれているのだから、先進的な科学者もとっくに引き抜かれ、鋼鉄人に重用される新貴族となっていてもまったく不思議はなかった。鋼鉄人は科学を理解しており、彼らは地球上のどんな人間の頭脳に保護し利用する価値があるかを知っていた。

「きみは行かなかったのか?」わたしは斉躍に尋ねた。

彼はうつむいてちらりとディスプレイに目をやり、顔を上げてじっとわたしを見つめた。目にはうっすらとした笑みと皮肉、そしてかすかな悲しみが浮かんでいた。「俺がテスラを好きなのは、すごい奴だってだけじゃなく、群れなかったからだ。知ってるか? エジソンにはひどく排斥され、マルコーニには特許を奪われ、スポンサーのモルガンにも見捨てられた。それでも八十六歳まで発明をつづけた。まったくの一匹狼で、結婚もせず、力のある取り巻きにも恵まれなかった。エジソンのように巧みに団体を利用することはなかったし、あんな功利性とはかけはなれていた。無線電送電技術はわかるか? 地球を内部導体に、地球の電離層を外部導体にし、電力増幅器で地球と電離層の間に八ヘルツの共振を起こすと、天地が共鳴空洞となり、エネルギーを輸送できる。なんて壮大なんだ! 天地を共鳴空洞にするなんて。当時の人間にはそんな見識がありはしなかった。その頃はみな地方政治ばかりを考えて、誰も手を出したがらなかった。

それから彼を攻撃した企業もあった。計算高い奴は彼の特許を奪った。そのせいで彼は最後まで計画を実現できず、そのままひとりで死んだ。今では、彼の計画はもちろんすべて実現しているけれど、でもそのときは彼はそのままひとりで死んだんだ」

わたしは何も言わなかったが、彼の気持ちは感じとれた。昔は華やかに繁栄したこの場所に、いまはただ彼ひとりがぽつんと残り、しかも彼方からの侵略者が厚い待遇で同僚をみな引き抜いてしまったせいで、この孤独はよけいに寂しく無意味に見えた。

「みんな誰でも好きな相手に従えばいい、言うことは何もないさ」斉躍は続けた。「それでもやっぱりそうしない人たちもいるんだ、そういう人がいいと思うんだ」

先生のことを言っているとわかった。

「陳君《チェン・ジュン》」斉躍は突然わたしの名を呼んだ。「いい名前だ。古人は君子は徳に比するに玉の如しと言ったが、それはおだやかで角《かど》を立てないことじゃなくて、むしろ玉砕するとも瓦全《がぜん》すべからずということだと思うんだ」

研究所から出て来るともう暮れ方だった。ひっそりとした巨大な庭を歩いた。風が吹くと、半ば黄色くなりかけた枯葉がかさこそと落ちては地面を覆い、急に寒気を感じさせる。アオギリの作るアーチはもともと鬱蒼と茂っていたが、このときは葉も落ちてもの寂しく見えた。二人とも襟を立て、同じような姿勢で脇をしめ、手をポケットに入れて寒さをしのいだ。空には雲がかかって月ははっきり見えず、宏大な建物は闇に沈み、遠くの守衛の詰め所にだけまだ灯りがついていて、敷地全体でそこだけが明るかった。わたしたちはしばらく歩いたが、無言のまま、ひっそりとした中で足取りばかりが意識された。たまに互いの状況を尋ねあいはしたものの、すぐに直面しなければならない作戦計画についてはそれ以上話さなかったし、話したくもなかった。斉躍はわたしに彼女がいるかと尋ねた。わたしは正直に、大学を出てすぐ結婚して、もう六年になると答えた。

「本当に？」斉躍は明らかに驚きの色を浮かべた。「じゃあ子供もいるのか？」

わたしは首を横に振った。「いない。妻はイギリスに行って、もう五年半になる」

斉躍はあっけにとられた。「それじゃ……」

「いや、離婚はしていない」わたしは言った。「でもそろそろだろう」

斉躍はそれ以上尋ねなかったし、わたしも言いたくなかった。また黙ってしばらく歩いてから、斉躍はわたしを連れて庭園を出た。門を出るとき、振り返ってまた遠くから庭園の中にそびえる建物をながめた。かつてはこれがこの国の最高の研究機関で、全国から選りすぐりの頭脳を集めていたのに、今では寂しく荒れ果ててどこにでもある過疎の村のようだった。

夜にひとり帰り道を歩きながら、頭の中で計画全体の細部を思い返していた。長い歩道はひっそりとして、たまにひとりふたり足早に傍らを通り過ぎるばかりだ。店はみな閉まっていて、ものの寂しく見えた。やはりこの計画の意義は算定できない。何をもたらすのか、何を奪ってゆくのか、それだけの価値があるのか、なすべきかどうか。はっきりさせられないというのではなく、決められないのだ。夜のひんやりした空気が頭をすっきりさせたが、頭がすっきりしているかどうかの問題ではない。これは心の問題だ。客観的に情勢を見定めれば見定めるほど、この作戦を実行すべきかどうか定まらなくなる。

なぜ先生がブラームスを選んだのか、わかってきたようだ。

計画では最後の演奏会のために、先生は二曲を選んでいた。チャイコフスキーの交響曲第六番『悲愴』とブラームスの交響曲第四番だ。『悲愴』はわかりやすい。激情的でペシミスティックな心を揺さぶる旋律だ。だがブラームスの四番はそう簡単ではない。ブラームスがふつう人に与えるのはおだやかで保守的な印象で、ぬるいというのではないが熱すぎもせず、ベートーヴェンの憤怒やワーグナーの狂放とは異なり、慣例を破るわけでもなく、表面的には出撃前の英雄的な決意表明には不適当だ。なぜ『運命』やリヒャルト・シュトラウスを選ばないのかとか、あるいはマーラーの『復活』の方がふさわしいのではないかと考えたほどだ。ブラームスはこうした激情とともに想起されることはまずないだろう。

これに関しては先生に尋ねたことがある。先生は答えず、ただ個人的な好みだと言った。しかしこの夜、ふと少しわかったような気がした。この件は一貫して人の心をはやらせる戦闘などではなく、荒涼の果てのやるせなさだった。月の爆破については、斉躍が原理と可能性を説明してくれたものの、やはりわたしは最終的な結果に疑いを抱いている。どう聞いても成功の可能性があるようには思えない。それに、たとえ先生自身は信じているとしても、これが英雄的な抵抗ではなく、悲劇の結末へと邁進する破滅的な抵抗だということはわかっているはずだ。月が爆破可能かどうかは結論が出ないが、共振が公演の会場に地震をもたらすのなら、十中八九わたしたち自身は助かるまい。あるいはそれも一種の殉死だと言えようか。唯一許された自由に殉ずるのだ。

ブラームスだけが現在の人類にふさわしい。ある友人は言った。あれこれ聴いたが最後に残るのはやっぱりブラームスだ。最初は魅力に乏しいが、最後にみなが身をゆだねるのは往々にしてブラームスだ。ブラームスの音楽の芯にある悲劇性は、悲劇的な色彩を添えたり、あえて誇張したりするまでもなく、もとから備わるものだ。派手さはなく、奥深く沈潜し、悲しみは表面にあらわれないので、激情も一見しておだやかな海のようだ。今にしてみると、ヴァイマールの華やかなサロンを離れ、ひとり古典主義の理想を守っていたとき、ブラームスはすでに運命と相対していたのだ。変えるすべもないこの世界の運命にたったひとりで向きあい、どこまでも孤独に立っていた。

ヘッドホンの中でブラームスのチェロ協奏曲の静かでうら悲しい旋律が流れている。こうした夜に、こうした人気のない通りを歩いて、清掃作業員のほうきがさがさと厚い落葉を掃くのを目にするとき、はじめてブラームスの音楽の力を感じられる。どうするすべもない境遇というのがある。運命というのは状況がはっきり見えているのになすすべがない状況だ。そういうときにはただ孤独に向かって歩くしかない。よく自分を保つのは一種の勇気だが、ましてやかつての理想と共に没落しつつあるときならなおさらだ。

三

週間後、わたしは世界各国への旅に赴いた。

先生を手伝ってこの最後の盛大な公演をやり遂げることに決めたのだ。先生と斉躍の任務は現地での準備で、わたしの任務は演奏家の手配だった。知りあいの演奏家全員を訪ね、先生と共に行動する気のある者を召集するつもりだった。控えめに言って、たやすい仕事ではなかった。自分自身ですら長いこと説きふせることができなかったのだから、大勢の他人を説きふせるなんて言うまでもない。全員に話を切りだすのにどれだけの勇気が必要なことか。

なぜ引き受けたのかと自分の胸に尋ねてみたが、決まった答えはなかった。先生がわたしを説得しようとしたわけではない。計画を説明した後は、わたしの選択に任された。空港の待合室でそれぞれ出発を待っているときでさえ、先生は任務のプレッシャーをかけたり励ましたりすることはなかった。もしかすると先生は無理強いしたくなかったのかもしれない。あるいは先生はわたしがどうすべきかわかっていると知っていたのかもしれない。空港の窓ガラスは青くひんやりとして、その外では機械が上下していた。初めて斉躍に会った日のように、先生は自分がのめりこんでいる話題をつづけていた。

「最近ようやく軌道共鳴について学んだんだ。極めて面白い。あるものが中心をめぐって回転するとき、回転の軌道はすべて互いに影響し、最初のランダムな分布から、最後に数本の軌道のみが残ったときには、互いに単純な和音を呈するというんだ。はじめのうちはごたごたしているが、最後には共鳴をもつわずか数個だけになる。小惑星というのはある種の共鳴によって破砕された星だという人もいる。そうすると共鳴とはつまり選択で、限りない選択肢から選び取ることだ。一つの主調があれば、それに密接に関係する属音が選びだされるはずで、それが骨格となる。宇宙は音楽と同じように精妙なんだ」

先生が話すとき、濃い眉毛が目の表情を押し隠していた。時に先生は口をつぐみ、こちらを向いて、わたしの反応を窺った。先生の目には口に出さない言葉が記されていた。先生は生まれつき理論の空中楼閣に暮らしているわけではなく、周囲について腹の底までわかっているのに、おくびにも出さないだけなのだという気が不意にした。先生は意図してもう一つのもっと広い世界に身を置いているのだ。

先生と別れてから、わたしはたくさんの場所へ飛んだ。飛行機が離陸し着陸するたびに、地上を俯瞰して、点在する街と村を眺め、似ているようで異なる人類の住み処を眺めた。人間は大地に生き、功績に満ちて、詩意をもって住まう。この言葉は抒情的に過ぎるだろう。人は往々にして睡意と共に暮らし、目覚めていても眠っている。悪夢の訪れに驚かされて目覚めるとき、人は自己催眠によって眠りをつづける。眠りに就くのは目覚めるよりはるかにましだ。眠りに就いてしまえば、生活のすべては容認できるものになる。恐怖も容認できるし、屈服も容認できる、制限された自由も容認できる。

地上ではどれだけの人が毎日未来を案じているのだろうか。視線を落とすと、やはり平原は平原、草原は草原で、静かな田舎の村には赤い屋根の小さな家がある。ざっと見たところ、すべてこれといった変化はない。もし頭上の月を忘れてしまえば、現在の暮らしは五年前と何も変わっていないようだ。これはなんと歴史からかけ離れた境遇だろうか。初めて人類全体が弱体化を思い知らされているのだ。過去のあらゆる衝突は、一部の人間が一部の人間より強かっただけだが、今回だけは人類すべてが等しく弱い。強国であった国々はこうした没落を経験したことがなく、すぐには慣れることができなかった。永遠のものと思われたヒロイックな気概が失われ、それに伴って犠牲と自由のために戦う民族的気質も敗北に伴って消えてしまうことに気づいて衝撃を受けた。どれだけ人心に影響したことだろう。しかしなすすべもなかった。征服された民族は団結ではなく分裂する傾向にあった。愛国主義はとっくに嘲りの対象だったが、この時の「愛地球主義」はいっそうお笑いぐさだった。武力による抵抗はかすかな火花と化し、人々は隅っこの安全な住居に引っこみ、都市と道路は沈黙の中でもとの姿を維持していた。

雲の下では世界が変わらず運行していた。もしある種の自由を考えなければ、ずっとこうして、慣れてしまうこともできそうだった。それに何の問題があるだろう。食べてゆくことができ、眠ることもでき、芸術にはむしろ以前より多く浴せるほどだ。彼らが人類を統治することを承認しさえすれば、すべては継続可能になる。承認したところで一般人の生活にどれほど影響するだろう? 鋼鉄人はただ資源と鉱産を求めているだけで、そのために地球の屈服と絶対的な権威が必要なのだ。もし従順に、永遠に闘いを挑まず、永遠に彼らの地位を認めていれば、すべては問題なく、かつてと同じように幸福で、かつてと同じように自由でいられる。

ただ、自由とはどういうものだろうか?

ロンドンは六つ目の訪問地だった。それまでは北米とヨーロッパ大陸を巡っていた。進捗は順調ではなかったが、予想の範囲内だった。かたや計画を多くの人に伝えるわけにはいかないし、かたや接触した演奏家から同意を得られる率は極めて低かった。どれだけ時間をかければ一つのオーケストラが組織できるかは未知数だった。

ロンドンのサウス・バンクの歩行者天国で、阿玖《アジウ》に会った。

阿玖は見たところとりたてて変わっていなかった。わたしたちはもう三年もの間、会っていなかったのだが。髪にはパーマをかけ、ネックレスをしていたが、それ以外はすべて以前と同じだった。顔は長い前髪に隠れ、少し痩せたようだ。薄紅色のスカートとグレーのロングコートを着ていた。こぬか雨がやんだばかりの石畳の道に、彼女のブーツが規則正しくコツコツと音を立て、長いことわたしたちは何も語らず、ただ靴音だけがふたりの心の中で静かに進む時計のようだった。

阿玖は先生の計画にやはり驚いたが、特に何も言わずその場で承諾した。わたしは少々驚かされた。重ねて計画の困難と危険性を説明すると、彼女はうなずいて了解の意を示したが、承諾を撤回しはしなかった。胸に感謝とかすかな温もりを感じた。

「今はうまくいってるんだろう?」わたしは尋ねた。

「まあね」

「前に言ってたあのオーケストラに今もいるのか?」

「いいえ」彼女は首を振った。「途中でよそに移ったんだけど、今はどちらのオーケストラもなくなったから」

「どうして?」

「解散したの」彼女は夕陽の下のテムズ川を眺めながら、ためらいがちに口を開いた。「それから!……大部分の団員は、シャングリラに引き抜かれたし」

「こっちでもか?」

阿玖はくるりと振り向いてわたしを見た。「こっちでも? わたしたちのオーケストラも引き抜かれたわけ?」

「いや、違うよ」わたしは慌てて説明した。「友達のことだ。研究所の科学者たちはみな引き抜かれて行ってしまったそうだ」

「ああ、それは普通よ、当たり前のこと。ロンドンでもずいぶんたくさんの人が引き抜かれて行ってしまった」

何と言ったらいいかわからなかった。この場面はこれ以上ないほど寒々としていた。苦難をともにしていると感じさせるほどに。

「それで……」わたしはためらった。「きみは行かなかったのか？」

阿玖は首を振った。

「あっちでは楽団の待遇と福利厚生は良いと聞いたけど？」

阿玖の声は冷え切って、感情を窺い知ることはできなかった。「ええ、すごく良かった」

「じゃあどうして……」途中まで言いかけて、また言葉に詰まった。

阿玖は顔をテムズ川に向けて、長いこと黙ったままで、話すこともないほど平静に見えたが、再び振り向いた表情は悲愴なものだった。「阿君《アジュン》〔陳君の愛称〕、他の人ならともかく、なんであなたまでそんなふうに聞くの？」

一瞬ことばを失い、数年間の感覚が胸にたぎった。阿玖の顔は夕陽を受けて金色に縁取られ、鬢の毛がかすかに吹かれ、金色の細い水草のようだった。彼女の目は潤んで光り、涙が目の縁に溜まったが、結局こぼれ落ちはしなかった。彼方のロンドン橋は欄干に亀裂が走り、青色が剝落して黒っぽい面が広く露出していた。金色の河面は少しずつ暗くなっていった。わたしたちは向かいあって立ち、長いこと言葉を発しなかった。

かなり経ってから、阿玖は疲れたから座りたいと言い、ロイヤル・フェスティバル・ホールの入口に行って、ベンチに腰を下ろした。周囲に人は少なく、以前に来たときはたくさんの大道芸人やコンセプトカーで遊ぶ子供たちがいたが、今はひっそりと寂しかった。

わたしたちは途切れ途切れに話を続け、ここ数年の生活と侵攻に伴う変化について語った。長いことこんなふうに話しあったことはなかった。めったに電話もかけなかったし、彼女の方もめったに国に電話をかけてくることはなかった。これまでの三年間で、ふたりが連絡を取った回数は数えるほどで、関係はほとんど蜘蛛の糸のようにかすかなものだった。次に顔を合わせたときには気まずいのではないかと何度も考えた。でもこんな夜に、共に暗い未来に向きあう気持ちで再び一緒に座ったとき、予想していた気まずさがたやすく破られたことに不意に気づいた。自分の恐れや、自分の思案、周囲の人の恐れ、周囲の人の思案について語り、この世界の現実の一面を語り、感じ方にはまだ共通する部分が多いことに気づいて驚いた。

「時々、抵抗ということについてどう捉えたらいいかわからなくなる」わたしは言った。「聞こえよく自由の追求や不撓不屈と言うべきなのか、それとも幼稚で強情だと言うべきか、時々自分たちが何に抵抗しているのかわからなくなる。みなが受け入れ、運命だとあきらめているのに、どうしてわざわざしなくても良いことをする必要があるのかと思うこともある。考えれば考えるほどわからなくなる」

「いつだって色々な角度があるでしょう」阿玖はおだやかに言った。「ずいぶん皮肉なものだと思うこともある。前には人をテロリストと呼んでいたのに、今はアメリカ人の抵抗が鋼鉄人にテロリズムだと呼ばれているんだから」

「ぼくが考えているのは、統治者が増えたにすぎないんじゃないかってことだ。これまでの統治者だってたくさんいただろう。また増えたからって何だっていうんだ？　征服された民族が増えたところで、みなそれまで通りに暮らしているだろう、しかも無事に。鋼鉄人に支配されたところで、時間が経てば忘れてしまう。彼らを刺激しなければ、彼らもこっちをどうもしない。受け入れれば落ちつくのに、どうしてむきにならなきゃならないんだ」

阿玖はしばらく押し黙り、言った。「あなたこそどうして、どうしてそんなふうに無理に思いこもうとするの？　本当にそう考えているなら、どうして先生と一緒に働こうとするの？」

わたしは答えなかった。

テムズ川が夜に沈み、光を反射する河面を遊覧船がゆっくり通り過ぎていった。

「だけどね」阿玖は続けた。「わたしたちのオーケストラのメンバーを悪くは思ってないの、それぞれに理由はあるんだし」

「そう？」

「安全がほしい人もいるし、鋼鉄人に憧れる人もいる」

「憧れる？」

「そう。強くて、力があって、正確で、冷徹な意志を持っているし、よりすぐれた芸術の知識があるし、そういうすべてを」

「それは確かにそうだ」わたしは頷いて同意した。テレビに出てきた鋼鉄人は、強い身体と、決して乱れることのない陣形と、有機物の肉体の外側に鋼鉄の外見を有し、喜怒哀楽を表さず、すべてに対して高みから審判を下す態度を取り、知識ははるかに豊富だった。これらすべてが人間を屈服させても不思議はない。

「どうしてさっきあなたがあんなことを言ったかわかってる」阿玖は続けた。「自分が選択を誤ったんじゃないかと心配で、わざと自分に反対する理由を探しているんでしょう。でも心の底ではそうは思っていないのもわかってる。口に出さなければそれだけはっきりしてくるのよ。いつも他人の理由について考えて、他人について理解して筋が通っていると思っているけれど、自分がその人たちと一緒に行動したくないのはわかっているのよ」

わたしは阿玖に顔を向けた。彼女は両手をベンチに突いて、顔にはかすかに宴の後のような空しさが浮かんでいた。

「どうして一緒に行かなかったのかってさっき聞いたわね」彼女は言った。「わたしにもうまく説明できない。彼らが芸術家に与える待遇は悪くないし、向こうでは芸術についてはもっと良い環境がある。だけど、どうしても気が済まないところがあっただけ。わたしにはまだ拒否する力がある。卑小な人間に残されたのは、たぶんただそれだけなの」

阿玖の言葉で斉躍を思いだした。君子は徳に比するに玉の如くし、瓦全すべからず。阿玖をじっと見たが、彼女は静かに河を眺めていた。長い髪がぼんのくぼにかかり、右手はずっと癖だったとおり毛先にかすかに触れていた。彼女は以前より落ちついて、話し方もゆっくりになったが、声は変わっていなかった。大学時代のさまざまな断片が目の前をよぎった。斉躍はかつてこうも言っていた。誰にでも自分の周波数があり、ぴったり合う人だけが周波数を同じくし、周波数が同じ相手なら一時的に位相が異なったとしても、すぐに共振することができる。それを聞いたときこう思った。愛情というのはまさに共振だろう。

「阿玖」わたしは言った。「もし今回の作戦が終わって、うまく成功したら、一緒に帰ろう、ね？」

阿玖は向き直ってわたしを見つめながら、唇を噛み、何か言ったようだったが、よく聞こえなかった。それから、彼女は泣きだした。

わたしたちは長いこと座っていた。闇の中のテムズ川を望み、きらめく河水が灯りと冷ややかな月を映すのを眺めていた。わたしたちはたくさん話をしたようでもあり、何も話していないようでもあった。抱き寄せると、彼女は頭をわたしの肩にもたせ、ふたりで静かに座ったまま、それぞれ異なるたどり着くことのできない未来について考えていた。こんなふうに過ごすのはずいぶん久しぶりで、もう二度とないことだった。ふたりの隙間は共振によって充たされ、その瞬間に原点に戻り、過ぎ去った時間を気にする必要はなくなったようだった。人間のやるせなさと悲しみ、卑賎と尊厳は、そのときわたしたちの脆い海面にかかる橋となった。戻ってゆけるような気がしはじめていた。ロンドン・アイはさほど離れていない場所にうち棄てられ停止したままで、ゴンドラには失われたものもあった。背後の劇場では公演が始まり、観客はぞろぞろとわたしたちの両脇を通っていった。テムズ川南岸のカフェテラスと煌々と灯りのついた舞台は棄てられてはいなかったが、空気には終始凍りついた恐れが漂っていた。この雰囲気には馴染みがある。鳥の巣スタジアムの前で毎日の公演を行う際の雰囲気とそっくりだった。

わたしが飛びまわり遊説している間に、先生の孤独な後ろ姿も世界各地を行き来していた。最後の公演会場をセッティングする前に、先生は世界中のあらゆる重要な建築を巡り、それぞれの建築の反響の音を残したいと思ったのだ。ストーンヘンジを通り、古代の楼閣と宮殿を歩き、透明な弦を張って、ローマから東京までをつないだ。大聖堂でパイプオルガンを聴き、山林で寺の鐘の音を記録した。誰にも聴くことのできない旋律を奏でると、そびえ立つ建築が共鳴の中で崩れ落ち、轟音と共に地面に倒れ、巨石は粉々になり、塵と化して風に巻きあげられた。たったひとりの交響詩によって、世界は過ぎし日の廃墟と化した。先生は心の中の地球のレコードを録音したのだ。

わたしたちの公演会場はキリマンジャロのふもとの、最も広々として手を加えられていない人類のふるさとに設けられた。山が草原に連なり、琴の弦は赤道を通過して、宇宙エレベーターは無言で地球の顔を擦る。

四

公演当日。

わたしたちの飛行機はナイロビに着陸した。機上でわたしはキリマンジャロの姿を探そうとしたが、高度を下げたときにはもう都市に近すぎて、映像の中の渦巻き状の山頂を目にすることはできなかった。着陸後には長く滞在はせず、バスに乗って東アフリカの大草原に向かった。タンザニアは想像よりはるかに美しく、町は珍しい草花や木々にあふれ、町を出ると草原が広がり動物たちが暮らしていた。今の地球にあって、こうした環境は現実離れしていた。

道中でずっとキリマンジャロの様子を思い描いていた。わたしの胸の中で、それはひそかな親しみのある土地だった。小さい頃に地理の授業で先生がキリマンジャロについて、平野にそびえる山で、山すそから山頂まで行くには熱帯から氷河までをわたり、熱帯と温帯、寒帯の風情を体験できると説明した。そのときに神秘の念にうたれ、胸は憧れでいっぱいになった。帰ってから紹介を探してみると、ネットである物語が見つかり、読み始めた。その物語は深く記憶に刻まれた。わたしはわずか八歳で、ヘミングウェイの名前がこれほど世にとどろき渡っているとは知らなかった。「その西の山頂は、マサイ語で〝ヌガイエ・ヌガイ〟、神の家と呼ばれているが、その近くに、干からびて凍りついた、一頭の豹の屍が横たわっている。それほど高いところで、豹が何を求めていたのか、説明し得た者は一人もいない」

この文句を二十年後もまだ覚えている。キリマンジャロ、それほど高いところで、豹は何を求めていたのか、結局はその場所で死ぬことになった。

バスのドアが開いた瞬間、頭が真っ白になった。

草原、陽光、ゾウ、遠くの山。

突然別世界に足を踏み入れたような感覚だった。疲労と矛盾に悩まされる長い日々の果てに、ひとつひとつの都市の繁栄をくぐり抜け、数々の不愉快な公演と気まずいディナーを経て、鋼鉄人が去った後に残された鋼鉄都市に立って躊躇し、その躊躇ゆえに摩天楼がみな荒涼たるものに見えてから、突然現れたこのすべてを目にしたとき、全身が軽くなり、そしてふわふわと浮きあがった。草原は鮮やかな緑だ。陽光は澄みきった青空に降りそそぐ。ゾウが悠々と歩みを進め、彼方にはキリンが立ったまま休んでいる。山ははるか天へと連なり、目の前の草原の中央にそびえ、雲を貫いている。草原の樹木は逆立ちした傘のような形で、静かに厳かに孤立し、広々とした野の中に一本ずつ美しい姿を見せている。ドアの脇に立ったまま、このすべての中に溶けてゆくようだった。澄みきった空気に包囲され、わたしは身じろぎもせず、空から目を離せぬまま、足を進めることもならず、ただうつけたように立っていた。後ろから促されるのも耳に入らなかった。

原野、青空、大地、木。

バスは道路の行きどまりに停まった。ここから先は歩かねばならない。遥かに設置された舞台が見える。薄い木の板と透明なプラスチックの板が帆のように舞台の四方に広がり、劇場の反響板になっている。

誰もが弦に目を凝らした。陽光の下で弦は舞台より目立つ背景となっている。事前に設計を知ってはいたが、現場で実際の光景を目にしてやはり衝撃を受けた。あれほど高いとは。遠さのせいで、一本目の弦は短く精巧に見えるが、後ろの弦は順に長く太くなり、次第に壮観になっていった。長さが倍になり、数十メートルから百メートル、二百メートル、八百メートル、二千メートル、五千メートルとつづく。並行に固く張られ、雲の彼方に入る。五千八百メートルの最後の弦は、両端が見えないほど長く、斜めの輝く光がひとすじ、山の峰に沿って上に向かい、草原と峰の高度を結んでいるのが見えるばかりだ。弦は光を反射して明るく輝いていた。これは山と地の竪琴、五千メートルの高さの竪琴だ。

竪琴の足下に向かって出発したとき、楽器を運ぶのも軽く感じられた。柔らかく厚い草地を踏みしめながら、ひたすら時間の流れが遅く、もっと遅くなり、永遠にこの瞬間に留まってほしいと願った。

演奏が始まった。

チャイコフスキーの次がブラームスだなんて、生前不和だったふたりはこうしたときに団結させられるとは思いも寄らなかったことだろう。自分のヴァイオリンの音を聞きながら、目を閉じると、風が草を吹き渡る音や時たま大きな鳥が鳴くのまでが聞こえた。オーケストラの演奏は揃っているが、各地から集まった演奏者がわずか数回合わせただけなのだから、大したものだといえよう。ブラームスのホ短調の主題は悲愴で力強く、弦楽器はこうした広い舞台でいまだかつてないのびのびとした空間を得て、いつになくなめらかだった。ボンボンと高まるティンパニーを聴いていた。第一楽章から固定した悲劇的な調子だ。陽光が山頂を撫で、氷雪はすでに消え、万年の溝が山の峰に沿って流れるのを残すばかりだ。ホ長調のやさしく優美な旋律が青空を背景に雲の線を浮かびあがらせ、ゾウが枯れ草を踏みしだくパキパキという音や、小石が泉に落ちるポチャンという音まで聞くことができた。

宇宙に消えてゆく薄い青の中で、感覚は無限に拡大される。もし音楽がわたしに何をもたらしたかと尋ねるなら、恐らくこの鋭敏な感覚だろう。街を歩いていても、あらゆる音が耳に入る。建築現場の規則正しい衝撃音、落葉を掃くがさがさという音、散水車の起動と一時停止。『ラプソディー・イン・ブルー』のアニメ版のように、世界のすべての音、すべての人が、空気の中で集まって波瀾に満ちた激流となる。わたしは次第に周囲に溶けこんでひとつになる。ホルンが草のやさしさを吹き鳴らす。追憶の雰囲気の中でわたしたちは地球にまだ人類がいなかった古代の時空に消えてゆく。

このとき、不意にわたしからためらいと疑いが消えた。地球の土地は柔らかく厚く、わたしたちの足の下にあって、隔てるものはもはや何もなかった。これまでの九ヶ月にわたる長い準備期間に、わたしはそれだけの価値があるかどうかと幾度も自分に尋ねた。周囲の人々はそれぞれに活路を見いだし、鋼鉄人のために道を開き、鋼鉄人に寛容を乞い、鋼鉄人の庇護の下で意気軒昂に、同盟の隊伍の間でつばぜり合いをし、戦火の商人は戦争の混乱に乗じて大規模な投資を行い、日常的に人々は逃避し、厄介な抵抗には生存のために怒りを覚え、出る釘を打ち、それによって情勢を安定させようとした。資源は船で次々に月に集められ、月はまるでブラックホールと化し、人々は残りの資源をめぐって争った。このすべてを見聞きしながら、わたしは一度また一度と、なぜまだ努力をつづけるのか、このような人類は滅亡すべきではないのか、救われるべきなのか、このような世界のために自分の身を捨てることに何の意義があるのかと自らに問うた。この問いはいくら自分に尋ねても答えは出なかったが、まさにこのとき、音楽が響き、はるかな青色がわたしたちを取り巻き、草が空の彼方まで伸び、山の峰が厳かに聳えるとき、わたしは突然疑いを捨てた。すべてに厳かな意義が備わり、たとえ恐怖と生への渇望であっても柔らかく、苦くかつ重いものとなった。

楽曲がついに響き始めた。ト長調の明るいコードにはこのとき後戻りできない悲しみの味わいが備わり、管楽は厳粛かつ宏大に、はなやかな調子で避け得ぬ死と悲劇の結末に向かっていた。憤怒と悲哀を伴いつつも、なお時々刻々おごそかな尊厳を保っている。これほどまでに演奏にのめりこんだのは初めてだった。この三年の間に五百回を下らない消火作業のような公演では、ほとんど演奏に集中する感覚を忘れかけていた。旋律とともに波立つ感覚、全身がおののく感覚、思い切り泣きたいような感覚、まさに今の感覚。大地はこれほどまでにうるわしい。

わたしは月を破砕できるとは信じていないが、この試みにすべてを賭けたかった。

最後の音符が終わった。幕が下り、先生はひとりで弦を鳴らすための台に上った。

二二・八メートルの短い弦を前に、先生は海綿で包んだ小さな鎚を手にし、しばらく静かに待って、打ちならしはじめた。わたしたちは台の下に座って、静かに見つめていた。無音の隙間に緊張に満ちた待機があった。短い弦が低い音を発し、空気中にこだました。弦はつややかに光って硬く、緊張に満ちて弾性もあった。それは竪琴のはじまりで、打音の中で紡錘形の幻影を振動させた。わたしたちはその音に耳をすませた。弦は自身の鳴動を四方に伝え、わたしたちの耳に伝え、わたしたちの胸の奥に伝え、五五・六メートルの長さの二本目の弦に伝えた。二本目の弦が振動を始め、微弱なものからずっしりとしたものに変わった。音が小さくなると、先生は再び打ち鳴らした。二度目の打音は最初の音の上に重なり、弦はさらに充分に振動した。最初の弦の振動が後ろのすべての弦を呼び覚ます。二本目の弦の振動もつづき、そして三本目、四本目と、一度また一度と打撃を加えるたびに、弦の長さは倍になり、絶えず打ち鳴らされ、共鳴は拡大した。一人の男、一つの小槌、一本の弦、天地の間。

宇宙エレベーターはますます近づいてきた。演奏がコーダに差しかかったとき、わたしたちはすでに地平線付近に出現した長い線をとらえていたが、このときはさらにずっと近くにやってきて、細かい部分まではっきりと目にすることができた。その先端は軌道につながり、灯台のような形の滑車で固定されている。滑車は遠目に見ると小さく軽そうだが、近くに来ると高くそびえ立ち、宇宙エレベーターも遠くから見たような細い線ではなく、太い二本の染色体の構造さながらの綱だった。

宇宙エレベーターの移動は速かった。どれだけ速くとも草原とキリマンジャロが背景だとのろのろしているように見えるが、近づいてくると実際の速度がわかった。無人運転の滑車は高い塔のようにわたしたちを圧倒し、数キロ先からそのうなりとわたしたちがそれに与えた衝撃を感じとることができた。弦の音はつづいていた。打撃はまだ進行しており、絶えず拡大され、絶えず轟音をあげていた。先生は高い壇上で戦鼓を打ち鳴らす戦士のようだった。高山の竪琴はすでに完全に共振を起こし、二十二メートルから五千八百メートルまで、弦の振動はますます激烈になり、ますます制御を失っていった。低周波の弦の音はわたしたちの聴覚の範囲を超えており、四方の空気と山や谷の地響きが身体を震わせるのを感じとれるばかりだった。竪琴の数百メートルの範囲に弦の音が拡散し、そして範囲の外の宇宙エレベーターに衝撃を与えた。宇宙エレベーターは目に見えて揺れている。

ますます近づいてきた。宇宙エレベーターの振動は増幅をはじめる。不規則な増幅だ。わたしたちのところを通ってゆく時間は長くなかったが、その短くかつこの上なく長いように思われる過程において、宇宙エレベーターは明らかに揺れはじめた。三十八万キロメートルのケーブルは硬くてまっすぐな棒のようだが、このときにはもう左右に揺れているのが見え、周縁部は滑車の動きと揺れで幻のように見えた。わたしたちは天を仰ぎ見たが、宇宙エレベーターは空の見えない高みに伸びていた。底部の微弱な揺れが曲線の浮動と化し、空中にねじれた龍の姿を描いた。振動が始まった。滑車は振れはじめ、わたしたちの足下の大地からも地鳴りが起こった。宇宙エレベーターの揺れによって塔状の滑車は軌道の上に平穏を保つことはできなくなった。速度が低下したらしく、軌道の中央から逸れた揺れは急激に広がった。滑車をひっつかんで軌道から外そうとする力が働いているようだった。同時に、軌道は振動の力を大地の四方八方へと伝えた。わたしたちの舞台も安定を失い、左右に揺れはじめ、それからまた突きあげる揺れに見舞われた。続くすべては速すぎて反応が追いつかなかった。軌道はヴァイオリンの駒で、わたしたちは胴にあたる大地に座っており、胴が震えて弦の音を四方八方に伝える。わたしたちは重心を失って倒れ、波のような地面の上で震動とともに起伏していた。宇宙エレベーターの共鳴はいっそうはっきりしてきた。紡錘形の幻影はまだ見えており、ひっぱる力は中に魂が注がれたようで、不規則なねじれが怒りの鋸と化した。軌道車は抵抗の中で平衡を失い、憤怒の振動によってしばらくよりどころをなくしていたが、それから少しずつ落ち着きを失い、たけり狂い、狂おしく震え、わずか数分間で一世紀も経たように、ついには憤怒の中で轟然と爆発するように倒壊した。大地はそれと同時に引き裂かれる音をたて、長い亀裂を地表に走らせ、地面のおだやかな顔に傷口がくっきりと走ったようだった。

隧道車《すいどう》は倒壊した。宇宙エレベーターは振動の余波を保ち、数秒後にようやく空中で断裂し、恐るべき長い鞭となって、うなりを上げながら天空を切り裂き、空中をすさまじい勢いで躍っていた。

振動は次第に収まっていった。地震は最悪の予想のように山崩れを引き起こすことはなかった。わたしたちは地面に這いつくばり、一切の終熄を待ち、身体で土地と草原の胸郭の中の怒りの余波を感じていた。両手で土をつかみ、頭を草に埋め、慟哭したい衝動に駆られた。轟々たる弦の音はまだそばにあって余韻が去らなかった。

長いこと経って、地面は落ちついてきたが、すべてはまだ終わっていなかった。

すべてが終わったのだとわたしが思ったとき、空の彼方に突然恐ろしい機翼が現れた。それは三角形の流線型をしており、想像を超える速度で上空からまっすぐに降下し、着陸しながらレーザーで舞台を射た。すぐそばで爆発の炎が巻き起こり、悲鳴をあげた者もいたが、驚きの叫びをあげる間もなく命を失った者もいた。わたしは頭を低くして地を這い、弾かれて飛んでくる小石を避けた。

爆発、二度目。

二度目。

飛行機は極めて低い位置まで高度を下げたが、おそらく彼らにとってここまで地球に接近するのは初めてだったただろう。

飛行機は先生に向かって飛んでゆき、先生がなお立ちあがろうとしているのが見えた。わたしは大声で叫んだが、その声は四方の轟音にかき消された。起きあがって先生を引っ張ろうと思った矢先、爆発の衝撃波に後ろから襲われ、首にかけた玉が突然砕け、胸に衝撃が走り、わたしはよろめいて倒れた。次に顔を上げたとき、赤いスカートの影が先生に飛びついたのが見えた。

阿玖だ。

混乱、狼狽、そして真っ白になった。

飛行機が先生の頭上をかすめる直前、先生が地面の亀裂に身を躍らせるのが目に入った。そして阿玖もそれに続いた。ふたりの姿は墜落する虹のように、空中に長いこと消えない残像を結んだ。わたしは頭が真っ白になり、自分が死ぬだろうと、自分たちはみな死ぬのだと思った。しかしそのとき、たけり狂っていた飛行機は不意に意識を失った昆虫のように、遠方へ滑空し、はるか遠くに墜落し、激しい炎の花を咲かせた。すべては突然静止した。

わたしはわけもわからぬまま意識を失った。

五

一ヶ月後、わたしは斉躍の車に乗り、郊外の人気のない山道を走っていた。バックシートには林先生がもっとも愛した白い菊が置いてある。

墓地は遠く、車は無人の山道を走り、数えきれぬほどカーブを通った。岩肌が見えない方向に延び、木々は片方で山下の視線を遮っている。車は無言で進み、わたしたちは無言で肩を並べて座っていた。

斉躍の表情は硬かった。この一ヶ月というもの彼はめったに笑わなかったが、わたしにはその理由がわかっていた。彼は自分の隠蔽のせいで先生が亡くなったのだと思っていて、それが心に重くのしかかっていた。

何か慰めの言葉をかけたいと思ったが、何と言ったらいいかわからなかった。ある程度までは彼の考えすぎだと言えた。だが別の面から見れば、彼の考える通りであることはふたりともわかっていた。先生がなぜ身を躍らせたのかを長いこと考えた。最終的な結論は、先生はすでに死に向かってすべての準備を調えていたということで、計画がスタートしたあの日から、わたしたちは運よく生き残れることを願っていたが、先生は月が破壊されて地球が真っ二つになると信じていたということだった。わたしは疑っていたが、先生は信じており、斉躍の隠蔽がさらに確信を深めたのだった。

誰がこのような結末を予期しただろう。宇宙エレベーターの共振は断裂と崩壊を引き起こしたが、それは月のではなく、実験室のだった。月の実験室の建物の倒壊は原子炉の核爆発を招き、さらにブラックホールの実験設備の爆発を起こし、小型のブラックホールが生まれ、それが短時間で素早く周囲の物質を呑みこんだことで、激烈な反作用が起こってさらに周囲の基地まで呑みこまれてしまった。鋼鉄人は最後の瞬間に地球の飛行機をリモートコントロールしようと試みたが、束の間のあがきにすぎなかった。

このすべてを、誰が知ることができたろう。

斉躍に尋ねた。なぜもっと早く本当の計画を告げなかったんだ。斉躍は苦笑して首を横に振った。鋼鉄人が本当に俺たちの計画を知らなかったと思うか？　とっくに知っていたんだ、ただ月が爆発することはあり得ないとわかっていたから、児戯に等しい犠牲なんて構わなかったんだ。ただもし誰かに話して、月の実験室にブラックホールを作りだす能力があると彼らに知られたら、まん全然違う話になる。そうなったら俺たちは真っ先に消されただろう。斉躍はそう言うとわたしを見つめたが、目の中には初めて見る苦い悲しみが潜んでいた。

墓地は静かで広く、墓はさほど多くなく、整然と並んでいた。

先生の墓前に行って、うなだれて悔やみを述べた。

ひっそりとした墓には服だけが納められ、先生の身体はそこにはなく、魂だけが憩うていた。花と石碑は静かで質素で、石碑にはただ名前ばかりがあり、余計な字は刻まれていない。色と種類の違う花束がいくつかあり、わたしたちの前にとむらいに訪れた者がいることがわかった。

それぞれ目を閉じて、心の中で先生に語りかけた。

先生の墓の隣は阿玖の墓だった。白い薔薇を一本と、わたしの首から落ちて半分に砕けた玉を墓前に供えた。玉は砕けてなお透き通って輝いている。それは彼女が結婚のときにわたしに贈った誓いの品だった。

墓碑の上で、阿玖は花のように笑みを浮かべ、十年前に出会った頃のように、これまでの道でかぶった塵埃はすっかり清められている。

阿玖、やっと帰ってきたね、そうだろう？　彼女を見つめて胸の中でそう言った。

写真の中の彼女は笑みを濃くしたようだった。

見つめているうちに、涙が出てきた。斉躍は手をわたしの肩に置いた。

遠くを見ると、ひっそりとした墓地は花園のように広がっている。芝生が死者の安息の地を象り、生前暮らした場所のように魂の気配を伝えている。時たま聞こえる鳥の声でいっそう静寂が強調され、若草の香りが泥土の芳しさを運んでくる。春が地球に戻った。しばしの救いと呼吸によって生者の暮らしは継続可能になり、茫々たる未来の訪れるべき侵攻を待ちつづける。空は軽やかだった。

わたしと斉躍は腰を下ろし、墓碑の前で死者と語らい、ともに酒を酌み交わした。孤独な地球にあって、この小さな片隅がわたしたち四人の心が寄り添える場所となった。月は頭上に、うっすらと透明にかかっている。

繁華を慕って

なぜ望まない？

自分の力でやっていきたいからです。

自分の力で何を？

自分の力で必死にやってみるのよ。

それから？　暗闇の中で死ぬのか？

それでもあなたたちに姿を変えて太陽の下で生きるよりましだわ。

（笑い声）そうだ、おまえにとって我々はどうでもよい。だが自分の才能もどうでもよいのか？


阿玖《アジウ》が初めてロンドンにやって来たのは二十二歳のときだ。

その年大学を卒業して、ヴァイオリン専攻から、英国王立音楽大学の大学院に進学し作曲科の学生となった。ショパンやラフマニノフのような音楽家になりたいというのが、あきらめきれない夢だった。

出国前に、彼女と陳君《チェン・ジュン》は結婚証明書を受け取った。二十二歳で結婚するのは珍しかったけれど、ふたりはもう八年間交際していたし、彼女はただ陳君を安心させたかった。出国するのは刺激に満ちた華やかな暮らしをしたいからではなく、ただ作曲家になりたいという執念からだった。陳君を深く愛していても、この機会を逃すことはできなかった。陳君は反対しなかったし、他のどんなことに対してもそうであるように、気にとめていないようにみえた。

阿玖はひとり異郷への旅路につき、ヒースロー空港を出て、電車で市内に向かった。様々な肌の色の人々と角のすり切れた座席に囲まれていると、他郷のよそよそしさとともに、家に帰ってきたような安心感に包まれた。ついにこの場所にやってきた。ずっと夢みていた場所に。その瞬間、故郷に帰ってきたような感じがした。

彼女はひとりでうまくやっていけた。学校に行って手続きをし、語学の試練にも耐え、厳格で官僚的な各種の書類という障害を克服し、ついに保険、学生証、キャッシュカード、一時滞在許可証と住宅賃貸証明書を取得できた。アパートの屋根裏部屋を探して腰を落ちつけた。屋根裏部屋は小さな広場の端にあり、すぐ下は交差点で、窓からは毎日バスを待っている人が見えた。屋根裏部屋は静かで寂しく、大家は老婦人で、普段は家におらず、キッチンには彫金細工の施された銀製のカトラリーがしまわれていた。彼女は手描きの絵のついたマグカップを買い、暖房の入らない部屋で毎日くりかえし湯をわかし、それで暖を取った。

作曲の勉強には力を注いだ。出国前の専攻はヴァイオリンだったけれど、演奏者として一生を終えるつもりはなかった。

わたしの才能はどうでもよくないけれど、他人に頼るつもりはありません。

本当の才能はいつか人に認められるとまさかまだ信じているのか？
ええ。
それなら、おまえはまだ自分たちの世界を理解していないようだな。

イギリスに来た最初の年、阿玖はクラスメートと一緒に授業に出た。大学の建物は数百年の歴史がある古城で、今なおゲーテの時代のいかめしさとうす暗さに覆われ、世間から隔絶されていて、出入りする人までも思わず神妙になった。

阿玖のスタートは決して順調ではなかった。基礎が十分でなく、出国して初めてその懸隔の大きさに気づいた。指は生まれつき敏捷性に欠け、幼児期に充分なピアノの訓練を受けていなかったため、柔軟さと力が足りなかった。自分の弱点を知り、できるだけ得意な部分でカバーしようとしても、抒情的な曲の感情の把握はよいとして、スピードと技巧が要求される曲になると硬さが目立った。耳もごく平凡で、基本的なピッチは問題なくても、専門家が聴けば、細かい部分でほんのちょっとずれているのがわかった。高レベルのコンクールとなると、そのほんのちょっとの部分で、審査員は微かに眉をひそめ、そして視線を逸らした。彼女はこうしたすべてを隠し、すぐれた面だけを発揮しようとしたものの、カバーしようとすることがかえって負担となるせいで、あがりやすかったし、平坦な部分は単調で、強い感情のみなぎる部分はオーバーになり、演奏された曲には情緒的な作為が感じられた。聴衆には彼女の感情は伝わっても、入りこむことはできなかった。そういう感情はわざとらしくて力みすぎている。

二学期が過ぎたものの、阿玖の演奏は平凡な点数しか得られなかった。幸い作曲科だったので、演奏に対する要求は比較的低かった。彼女は黙々と懸命に練習し、教室のいちばん後ろからクラスメートの技術を観察した。最後列に座るのが習慣となっていて、教室の前の方で表情ゆたかに弾いてはその力を認められているクラスメートを眺めながら、かすかな絶望を感じた。こうした絶望が彼女に味わわせるのは苦さと甘さが混じった奇妙な感覚で、望みのない努力の中で伸ばした手に触れるのは自分の固執だった。

中には彼女に注目し、ちょっとした指導のコメントをくれる先生もいた。そうした時間は多くなかった。教師は天賦の才を備えた学生を刺激するのが好きなものだから。マルコ先生はおだやかな老人で、彼女に力を抜くように言い、生まれつきの条件には恵まれているのに、運用が良くないと言った。それは彼女が絶望の底にいた午後のことだった。阿玖はこれほど感激したことはなかった。

音楽大学の競争は最も熾烈で、最高の席はわずかひとつかふたつほどだった。

我々の姿でごく短時間姿を現すだけでよい。誰にも見破られることはない。安心しろ、変装を解いたら、また自分の姿で自分の生活に戻れる。ただもっとよい生活になるだけだ。

言っても無駄よ、考えてみることはありません。

何もしなくてよいのだ、おまえの同胞を殺戮したり裏切ったりする必要はまったくない。

彼らの前に姿を現すだけでよいのだ。

それがもう裏切りだわ。

それはおまえが裏切りをどう定義するかだ。長期的に見れば救いとなるだろう。

信じません。
とっくに何度も我々を信頼したではないか。我々が騙したことがあったか？

阿玖の才能は演奏ではなく作曲にあった。この点については、彼女だけではなく、子供の頃から彼女を教えたことのある教師はみな認めていた。学部時代の先生は高い評価をくれ、それが出国の大きな原動力となった。

阿玖はこれほどまでに音楽という執筆活動を愛し、音楽をひとつの言語の形式だと捉えていた。日常生活ではある言語を話し、楽譜の上ではまた別の言語を話す。楽譜のほうがより自分の気持ちに近いとわかっていた。うれしいときは、十数小節のメロディーラインを書けたし、辛いときには、短三和音と減七の和音を紙の上で行ったり来たり変化させた。執筆に打ちこむ日々は、食事にまったく頓着せずにいられた。スーパーマーケットでたくさんの品物を買いこんで備蓄するのは、買い物と洗濯で消耗するのを避け、すべての時間を研究と創作に費やすためだった。その時期は単純で幸せで、毎日ひたすら新しい旋律を考えていた。未来の運命が定かではなかったから、表面的には望みはなかったけれど、彼女はこっそり希望を隠し持っていた。

留学生活の三年目に、鋼鉄人がやって来た。

鋼鉄人はどこか遥かな星から来たのだが、地球人はその名を知らなかった。突然訪れては、恐怖の爪痕を残し、人間には把握できない方法で正確にミサイルを誘導し、地球上の国々の飛行基地と発射基地を攻撃する。その正確さは信じられないほどだった。冷たく無感情なのに、業火が人類を呑みこもうとする瞬間に恐ろしい表情をむき出しにし、わざと人間に見せつけているようだった。金属の外貌はなめらかで継ぎ目がなく、身体は大きく力強い。その者たちはほどなくして月を占領し、それから次第に地球を侵食した。テレビにはその者たちの神秘的な形跡がくりかえし映しだされた。音もなく現れると、死を残して、ただちに去る。

一部始終は緩慢で苦痛に満ちたものだった。鋼鉄人の冷酷と正確さは突発的に引き攣《つ》れる痛みのようで、不意に訪れては、鋭く胸をえぐる。その者たちは一般人を傷つけはしないが、武力によるあらゆる抵抗を殲滅《せんめつ》した。自分なりの基準と目標、特殊な対象があるらしく、目的は脅えさせることにあった。科学者と芸術家は攻撃しないばかりか、逆にわざと保護しているようだった。文化遺跡や公演会場の周辺では、その者たちは人間を攻撃することはない。たちまち芸術はこぞって保護を求めるための手段と化した。恐慌の中にあって、かえって芸術系の学校は競争率が高まった。

この過程で、阿玖は人々と同様に留意し、脅え、テレビで戦争の画面を見、警報が出れば避難した。失われた命のために悲しみ、追悼の日には街に出て行進に加わったけれど、その者たちは彼女の前には現れなかったし、彼女は自分の生活に直接関わりがあるなんて思っていなかった。

侵略当初の二年間は、地球の生活はそれほど大きく破壊されてはいなかった。彼女の生活はあいかわらず日一日と続き、学校で試験を受け、学期末の作曲の課題を提出し、新年のパーティーに参加し、卒業記念公演の準備をした。戦争は別の時空で起こっていた。彼女にとっては、最も厄介で大事なのは卒業後の仕事だった。すぐにオーケストラか学校の仕事を見つけられなければ、彼女のビザは期限が切れて、国に帰らなければならず、もうロンドンにはいられなくなる。帰りたくはなかった。彼女の使命、才能、生まれ持った興味と夢は、みな西洋古典音楽の国々にあり、ロンドンでもウィーンでもプラハでもミュンヘンでも構わなかったけれど、国に帰るわけにはゆかなかった。

そして国に電話するのを避けるようになった。母はいつも心配そうに、何か言いかけてはやめた。陳君はしかし気にせず、一度も催促せず、一貫してどんな出来事も気にとめないふうだった。時間が経つにつれ、阿玖にも彼が本当に気にしていないのかどうかわからなくなった。ときに阿玖は自分がとてもよく彼を理解していると思ったが、ときにふたりはガラスで両側に隔てられ、近くに見えるものの本当に一緒になったことはないような気もした。彼に申し訳ない思いが生まれ、よけいに電話から逃げるようになった。

彼女の道は順調にはゆかず、一流オーケストラの試験を四つほど受けたものの、いずれも不合格だった。オーケストラに送った楽譜も採用されなかった。デビューしたばかりの新人は、天から舞い降りてきたような幸運でもない限り、自作の曲を演奏してくれる楽団はそうそう見つからなかった。音楽会社では新人の創作を発掘しようとしているとはいえ、会社の受付に積みあげられる楽譜は多すぎて、もし著名人の紹介がなければ、注意を引くことは難しい。彼女も以前は会社に行って待ってみたが、楽譜の審査をする責任者に会うことはできなかった。

時間が一日また一日と過ぎるにつれ、彼女の機会も減っていった。創作者にとって、失敗の屈辱は糧になる。毎回失敗の末に帰宅すると、答える言葉もない悲愴をかみしめながら交響曲の一段を書きおろすことができた。しかし現実の生活にとっては、失敗は何の役にもたたない。卒業からもう四ヶ月が過ぎ、ビザの期限が迫っており、もし受け入れの機会を得られなければ、残れる可能性はない。

唯一の機会はあるコンクールだ。クラシックとクロスオーバーの最大のコンクールだった。阿玖は申しこみをした。他人にとっては輝かしい機会だが、阿玖にとっては背水の陣だった。まさにそうしたとき、あの者たちが初めて彼女の元を訪れたのだった。

今となっては、もう何年ものつきあいだ。もしいやなら、去ればよいのだ。

本当に?

もちろんだ。誰にも無理強いしたことはない。

わたしがここを去って、この秘密を喋ってしまうとは心配しないの?

話すはずはない。

どうして?

その者は立ちあがり、金属の光る顔に嘲りのまじった笑いを浮かべたようだったが、それはあるともないともつかず、光を反射する表面に隠れていた。ついてこい、その者は言った。阿玖は立ちあがったが、長く座っていたために両膝が痛み、よろけて転びそうになった。

それがどうして始まったのか、阿玖はもうはっきり覚えていなかった。思いだせるのはいくらかの細部だけで、たとえば初めて彼女を訪ねてきた男が着ていたトレンチコートのボタンがひとつ取れていたこととか、レストランのテーブルには季節外れのジャスミンが飾られていたことなどだったか、その夜に彼女がひとりでさまよっていたときに酔っぱらった浮浪者に遭遇したことなどだった。しかしそうした細部をどうやって組みあわせて全体像を作るかは、もう想像もつかなかった。

彼女は不意に一次選考の日の午後を思いだした。彼女と楽団がステージから下りたあと、楽団のメンバーは報酬を受けとって立ち去り、彼女はひとりで観客席のいちばん後ろに座って結果を待っていた。結果が思わしくないことはわかっていた。楽団はロンドンの街角で見つけて依頼したその場その場で仕事を受ける楽団だ。ロンドンの街にはこうした楽団がたくさんいて、ライブ会場の外で待機しては、様々な団体やドラマの臨時出演のために、どんな曲でも引き受けるのだった。彼らの態度は真剣だったが、ただ三回しか練習できなかった。阿玖には練習を重ねるだけの費用がなかった。結局効果は機械的な表現にとどまり、彼女が必要とする音楽の緊張感や、楽譜に記されたコントラストやためらい、躍動感や闇の中に浮かぶ唯一の解決の手がかりなどは、いずれも舞台の上で表現されることはなかった。阿玖は指揮台に立っていたが、楽団は楽譜を読まなければならないので、ほとんど彼女に目を向けなかった。背後から審査員の冷ややかな視線が背中に突き刺さるように感じた。

一次選考はある学校の大きな音楽室で、広々として天井が高く、掃き出し窓からは陽光が射しこんでいた。演奏が終わり、彼女はひとり残って、何か参考になることや評点について聞けないかと思っていた。最後列の木の椅子に座るうちに、胃が痛んできて、ロングニットにくるまり両手で力を入れて胃を押さえた。

マルコ先生もやってきて、コンクールを見学した。静かに彼女の隣に来て腰を下ろし、そっと背中を叩いた。何も言わず、茶色のベレー帽を取りもせず、ずっと前方に目をやったままで、白髪交じりのひげが陽光に輝いて見えた。阿玖は先生が前もって失敗を慰めてくれているのだと思った。

彼女は結局最後まで待たずに、マルコ先生に礼を言うと、鞄を手にその場を離れた。気持ちはすさみ、目の前はぼんやりとかすんで、ただ前に進むことだけに気をとられ、誰かが会場から出てきて、ずっとあとをついて来たことにはほとんど気づかなかった。

そして彼女は洗練されたテーブルについていた。頭は混乱して、自分がどうしてその場所にやってきたのかはほとんど思いだせず、ただ知らない誰かと向かいあっていることだけはわかったが、その人は何らかの援助を受けいれるよう懸命に彼女を誘導していた。テーブルにはサーモンとワインが並び、それからシンプルだが美しい包装のチョコレートがひと箱あった。その男が彼女の崇拝者でないことは確かだった。しかし彼は彼女を手助けしようとしており、それは彼女の曲に才能を感じたからだと言った。

彼はこう尋ねた。楽譜が永遠に認められることなく、消えてゆくに任せるのに耐えられますか。

ここだ。その者は彼女を連れて長い廊下を通り、最後に立ちどまって扉を開いた。

阿玖は記憶の中からはっと我に返った。自分がどこにやって来たのか、まだロンドンにいるのかどうかすら定かではなかった。ただ開かれた扉に沿って、その奥に光り輝くもう一つの世界と、輝かしいホールが見えた。

彼らはみなここにいる。見ればわかる。その者は言った。

阿玖は前に一歩進んだが、扉を押し開く勇気はなかった。振り返って見ると、その者は意を察して肩をすくめ、代わって扉を開けた。彼女は足を踏みいれた。

そこは広大なホールで、両側とも果てが見えなかった。天井には金色のシャンデリアがかかり、シャンデリアの下には高い丸テーブルが点々と配置され、着飾った人々がパーティーを始めようとしていた。阿玖が瞳を凝らすと、知った顔がたくさん見えた。有名な監督、俳優、大賞を得たことのある画家、徐々に頭角を現しつつあるピアノの新星、それからメディアがこぞってもてはやしている新進気鋭の文学者。一部の人々とは顔を合わせたことがあり、公演会場で出会った人々や、観客としてステージの下から見あげたことのある人々もいた。それから銀幕で見たことがあるだけの人々もいる。彼らはにぎやかに談笑しながら、楽しむことに集中しており、隅の小さな扉に注意を向ける者はなかった。阿玖は小さな扉の横に立ってホールを眺めていた。人々の笑い声は灯りのゆらめきのように、酒杯を手にホールを行き来する。イブニングドレスは華やかに、肩と背中を見せ、パールとスパングルをちりばめて、燕尾服は黒くかっちりと、襟元にはシルクが光を受けている。誘惑は水面下で行われ、互いに無邪気な冗談をまじえてほめそやしあった。

これから、彼女はそのひと幕を目にした。小さなテーブルの横で、端正な顔立ちの俳優がふたりの美しい女たちに向かい、ゆっくりと肩と腕を回して見せると、手には数か所同時に光が生まれ、光は空中に上り、広がり、集まり、最後にはひとつになって、完全に彼を包みこんだ。光は鋼鉄人の姿へと変じた。

阿玖はその男を凝視し、驚愕と恐怖に目を見開いた。彼の変身がこんなに自然なのを見て、全身におののきが走った。この日が来ることを知っていたように思ったが、実際に来てみると、やはり衝撃を受けた。阿玖の心には抑えきれない悲しみが生まれたが、小さなネズミがネズミ捕りにかかって最期のときを待つような悲しみだった。

まさか彼らは……彼女は振り返ってそれを見た。
それはうなずき、顔には嘲るような笑みを浮かべていた。
そうだ、彼らは全員そうだ。

照明、拍手、カクテルパーティー。それらすべては昔の記憶とあまりに似すぎていた。そうした追憶によって彼女は疲れきり、胸の奥のある部分には刺すような痛みが走り、黒雲に覆われた空が絶えず稲妻に刺しつらぬかれるのに、雲が晴れずにいるようだった。

何年も前のあの日の午後、彼女が初めてあの見知らぬ男とパーティー会場に足を踏みいれたときも、すべてがこんなふうに豪勢で壮麗だった。彼女は部署の責任者に紹介された。酒杯をあげ、会釈して挨拶する。さらに海外のエージェントに会い、今後の定期的な連絡を約束した。それからふたりの新進音楽家に会ったが、彼らは新作映画の仕事をエージェントから受けたところだった。青い照明が様々な濃さの光を投げかけ、繰り返し往復し、水面の揺らめきのようだった。垂れ下がったクリスタルチェーンが光を反射し、ひとつひとつがときに瞳を照らし出す。彼女は瞳の中を回遊した。どの瞳も様々な色のアイシャドウで濃く彩られている。濃く、誇り高く、大袈裟で、誰も眼中にないようで、それでいて人を引きつけるのは、瞳の持ち主の思いきった生き方そのままだった。

見知らぬ男は彼女の前を歩き、顔には他人事のような笑みを浮かべている。彼女がついて来ることを予期していたようだが、彼が最初に彼女のあとをつけてきたときから、もう彼女がついて来るとわかっていたようだった。

彼らはホールに入り、スーツと革靴の間に腰を下ろした。ぞろぞろと入ってくる人々を見ているうち、その人たちが一緒にいることに驚いた。国も異なれば地位も異なり、テレビではいつも別々に立っているのに、この場ではみな一緒に集まっている。小声で談笑し、彼女には聞こえないし聞いても理解できないことを論じあっている。傍らの見知らぬ男は彼女の驚きに満足したようだった。彼の笑顔は皮肉だが見透かされているようだ。それから彼は彼女をレストランへと誘《いざな》った。

いま目にしたすべては、とテーブルで彼は言った。あなたにもなし得ることです。あなたの才能はめったに得られるものではありません。

ありがとう。彼女は言った。

ひとつプランを用意しましょう。最高のデビューの道と、最高の紹介者、最高の宣伝を。

……ありがとう。

今の環境では、好機をしっかりつかまなければなりません。賛辞はすべて注目度に応じて決まるし、注目はすべて資本に応じて決まります。雑誌の誌面、コンサートの会場、テレビ出演の機会、受賞の機会はすべて発行元の力で決まるのです。適当な手配がなければ誰もあなたを重視しません。こうしたすべてを軽視してはいけません。深い谷間から気高い蘭が見いだされる時代ではないのです。引き出しにしまった楽譜がいずれ誰かの目にとまるなどと考えてはいけません。いま注目されているものだけが将来も注目される可能性を持ちます。それモーツァルトだって父が宮殿で手はずを整える必要があったでしょう、同じことです。それだけの能力を持っているのだから、拒絶すべきではありません。ステージの中心に立ちたいと思ったことがないわけはないでしょう。有名になってしかるべきなのですから、我々に任せておいてくれれば、すべてをやってみせましょう。

それから練習、公演、宣伝と進んだ。彼女は楽団に加わって出演するように手配された。自分の楽団を得て、レコーディングを行い、雑誌のインタビューを受けた。すでに諦めていたコンクールの中で勝ちあがっていった。最初の契約は、とても大きな公演の舞台音楽の作曲だった。さらに単独公演の機会を得て、レッドカーペットでスポットライトを浴びた。

これらすべてからどのくらい経ったのか、彼女にはもう思い出せなかった。これらが何を意味しているのかもわからなかった。

わかっているのは、そのときに断らなかったということだ。断る勇気もなかったし、断る力もなかった。

その者はレセプションホールの片隅で、やはり同じ笑みを浮かべ、ホールにいる文芸界の著名人を眺めながら、彼女のことも眺めていた。

このすべてをもう見てしまったんだ。それでも断るのか？

彼女は耳を塞いだ。

これは罠だわ。もし最初にあなたたちの恩恵だと知っていたら、何と言われても受けいれはしなかった。

最初から知っていたのでは？

知らなかったに決まってるでしょう。

それは間違いだ。おまえは知っていた。よく思いだしてみろ、最初の一日からおまえに伝えていた。

阿玖は言葉につまり、細かく思いだしてみた。

おまえはずっと我々が誰なのかわかっていた。認めることを拒んだだけなのだ。矛盾した選択に直面することを恐れ、矛盾がおまえの輝かしい道を阻むのを恐れるがゆえに、認めることを拒んだのだ。我々が伝えたことを理解しなかったとは言わせない。ただ故意に考えないようにしていたのだ。わかっていなかったとしても、その手の花を見てみろ、これだけの技術を持っているのが、誰なのか当てられなかったのか？

阿玖はぞっとして、無意識に腕を持ちあげて目をやった。腕の小さな百合が皮膚の中から浮かび、池の中から睡蓮が浮きあがるようだった。それはこの見知らぬ男が以前に彼女の腕に埋めこんだチップで、人に連絡をとるためと身分証明のために必要なのだということだった。

彼女はそれを眺めたが、まるで冷ややかな嘲弄のように皮膚の下にあった。つまみだして捨ててしまいたい、向きあいたくない記憶と一緒に捨ててしまいたいと思ったが、皮膚に触れた瞬間、それはまた隠れて見えなくなり、徒労に終わった。彼女はぎゅっと自分の腕に指を食いこませ、皮膚を切り裂きたいと思ったが、無駄なことだった。

その者はまた笑った。奇妙なことに、その者が笑ったときには声はしなかったが、彼女には笑っているのだと感じられた。

慌てるな、すぐに答えを出すことはない、帰ってよく考えてみろ。

阿玖は振り返ってその者を見たが、その顔はやはりいつものようになめらかに光り、かすかな笑みを除けば、ほとんどどんな表情もなかった。彼女には誠実なのか欺瞞なのか読みとれなかった。その金属の顔、金属の身体、金属のように冷たい心、すべてが彼女を困惑させた。その者は居丈高に三メートルの高さから彼女を見おろしていた。侮りには絶好の高さだ。遠さは軽蔑を示すに十分で、近さは傲慢さを見せつけるに足るものだった。その者はすでに彼女の回答をはっきりと把握し、ただ罠の前で捕獲人がネズミの断末魔のあがきを重ねるのを待ち構えているようなものだった。

その凝視を恐れ、目を伏せる。彼女は家に帰ることにした。自分にもう少し時間を与えようと思った。

おまえが行くのはかまわない。それは言った。ただ自分の選択のもたらしたものをよく考えることだ。ひとつの種、ひとつの文明が、真に残すことができるのは何か考えてみろ。芸術を残せば、おまえたちの文明は不死となるのだ。我々も必要なものが手に入り、誰もが喜ぶ結果となる。たとえある日おまえたちの文明が滅んだとしても、おまえはそのために何かを残すことができる。シャンスラード人は死んだが、洞窟の壁画は残った。我々はおまえの作品の運命を決定することができる。後世に伝わる作品にもできるし、世に問われぬままにすることもできる。

これから、その者は彼女を連れてレセプションホールを通り抜け、反対側のバルコニーに行き、細長い白い小さなドアを開き、立柱の並ぶ下に目を向けさせた。バルコニーの下はトラファルガー広場で、集まった避難者と抗議者がぎっしりと、布団とテントを取り巻いていた。その者は手を伸ばし怖じ気立った人々を指してみせた。

あの連中を見てみろ。その者は言った。おまえのためらいは連中のためだろうが、連中とおまえに何の関係があるのだ。やつらが互いに排斥しあって、生きのびる機会を得るために手段を選ばずにいるのを見てみろ。言っておくが、やつらのために考えたところで、やつらはそれに感謝などしないぞ。やつらはおまえやおまえのような人間に嫉妬の念を抱いていて、たとえ我々がいなかったところで、やはりおまえが失敗することを望むだろう。おまえは多くの人間に好かれていると思っているかもしれないが、憎んでいる人間の方が多いのだ。不幸を望む暗い気持ちで光の中のおまえを見ており、足を滑らせるのを期待しているのだ。連中はそもそもおまえを理解していない。やつらのために何かを犠牲にしたところで無駄なことだ。やつらは結局消えてしまうのだから、それがどうしたというのだ。すべての種が消える。宇宙の無限の広さをもつ芸術の中、そもそも種などなく、ただ傑作があるばかりだ。天国の位置をよく考えてみろ、それは宇宙にあるのだ。

その者が長い手を振ると、金属は夕陽の下でひと筋の光を放った。その者は冷淡に広場の人々を指し、人々はそれに気づくことなく、あいかわらず縮こまって群れになっていた。その者は彼女を連れてセレモニーホールを離れ、外まで送り、長く暗い廊下を通って、最後に、彼女をとまどわせる口ぶりで言った。実際、おまえは偉大な芸術家になれるのだ。

阿玖はトラファルガー広場の一角を、寄る辺なくさまよっていた。すでに日は暮れて、街灯とレストランのシャンデリアに灯りがともり、ちらちらと輝いている。

阿玖はいつのまにか長い時が流れたように感じた。あの者たちの要求について思い返すと、全身が冷たくなった。あの者たちは彼女に鋼鉄人に変装し、皮膚に埋めこまれた接続ポイントから光を発し、光線に覆われた虚偽の表面を形づくり、魅惑的なたくましい外見を生じさせ、あの者たちと同じ外見になるよう求めた。彼女がしなければならないのは、必要なときに必要な場所に現れ、不意の出現によって人類に衝撃を与え、数の優勢を偽装し、おののきと恐れをもたらすことだった。人類は鋼鉄人が神秘の力で降臨し、あらゆる片隅に姿を現すと思いこみ、恐れの念を抱くのだ。人類が知らないのは、強大な鋼鉄の輝く表皮の下には、うつろで小さな平凡な人類が潜んでいるということだ。人々が泡を食って逃げ出す鋼鉄人の大部分は人類なのだ。この情報には、胸が冷える思いがした。

彼女の最初の反応は警察に通報することだった。彼女にはこの通報のチャンスしかなかった。もし鋼鉄人にまた呼び戻されることがあれば、通報のチャンスすらなくなってしまう。しかし彼女はためらっていた。あの者の言葉は効果を及ぼし始めていた。

あの者たちが地球にやってきて数年になる。地球の重要な指揮区をいくつも占領し、彼女はあの者たちの庇護を受けて三年になっていた。名目上は誰に庇護されているのか知らなかったけれど、意識の底では強大な力だとわかっていた。彼女はあの者たちに選ばれた多くの隠れた才能の持ち主のひとりで、そして成功した。世俗的な意味での成功だ。初めてのコンテストでは最後に二等賞を得て、ファーストアルバムは広場の大スクリーンで繰り返し放送された。長い間作りためられた曲も大きな舞台にかけられ、柔らかさの内包する緊張感が評論家たちの賞賛を集めた。映画音楽の仕事も向こうからやってきて、重要なパーティーにもゲストに招かれ、二年の間にチャートの上位に上り、新作のシンフォニーは一流のオーケストラの協力を得ることができた。これらのすべてを彼女は何もわからないままに経験し、誰が背後でお膳立てしているのか知らずにいた。彼女は自分の楽団で演奏し、夜は帰宅して作曲するだけで、残りのすべては誰かがやってくれた。光の輪は彼女の頭上に輝いていた。

すべてが夢のように感じられた。でも彼女にはそこから覚める勇気がなかった。彼女は現実味に欠けた感覚で自分の手にしたすべてを眺めたが、すべては宿命的な色彩に覆われているような気がした。努力と才能はすべて苦しみの末に報われ、執着と夢想も手の中にあるように思われた。でも今日になって彼女は気づいた。より大きな罠に落ちこんでいたことに。彼女はまるで長い監獄の廊下を歩いているようなもので、闇の中を手探りし敵が窺う中を走って逃げ、逃げだせたと思ったのに、宿命の裁判所に入りこんでいた。

阿玖は矛盾の中に落ちこんだ。あの者が指摘したのは彼女の弱点のありかだった。寂しさに耐えることはできたが、確かに楽譜が永遠に埋もれたままで、永遠に誰にも取りだして演奏されないことには耐えかねた。彼女の心は完全に曲の中にあった。彼女の言葉、彼女の喜びと怒り、彼女の人生はすべて曲の中にあった。それだけ作曲を愛していたし、書けないときも多かったとはいえ、楽譜の中に浸りきっているときだけ、どの瞬間も途切れることなく心の中に旋律の可能性が流れているときだけ、落ち着いた気持ちになれ、生活が正しい軌道にあると感じることができた。毎日の生活は銀幕の背後で黙々と動く機械のようなもので、曲こそが幕を開く物語だった。死後に発見されることはかまわないと思っていた。バッハがメンデルスゾーンによって発見され、マーラーがバーンスタインの手で復活したように。しかし書いたすべてが永遠に見いだされないことには耐えられなかった。それでは生きる希望がすべて奪われることになってしまう。

どうやって選択すればよいのだろう。彼女は前回の選択では軟弱にも沈黙した。前回は代理したのが人間だったし、約束されたものがあまりに豊かだったために、背後の力に注意を払わず、彼らのお膳立てに任せたのだった。あのときはすべてが上昇の中にあり、四方には明るい光が満ちていた。しかし今回は、今回はどう選べばよいのだろう。

阿玖は足を引きずって家に向かった。どこまでものろのろと歩き、足取りは心と同様に重かった。

彼女の傍らに、ヴァイオリンを奏でて稼ぐ若者たちが並んでいた。ひとりで演奏する者もいれば、小さな楽団を組む者もおり、二人三人と広場のあちこちに散っていた。芸術を学ぶ学生は目につく場所で練習していた。ミュージカルのビラを配る子供がビラを道行く人に手渡し、ビラは蝶や落ち葉のように宙を舞っている。子供が風船を手に駆けてゆき、その母が後ろから追いかけるが、ふたりが背に負っているのは援助物資の小包だ。ホールの入口にはミュージカルの一場面と音楽が流れ、イルミネーションが輝き、まるで二十世紀二十年代の繁華さながら、いまなお太平の世を謳歌するかのように、恐怖など存在しないようにみえた。

阿玖は長いこと歩いた。テムズ川の両岸は人であふれ、セントポール大聖堂の優雅なドームは変わらずその上に顔を覗かせている。水面には銀白色の月光が反射し、遠くの橋は壊れかけて無常を告げていた。

阿玖は自分が理性と感情の間で引き裂かれるのを感じていた。軽蔑するものと渇望するものは一体となり、一かゼロか、中間の状態はなかった。秘密を打ち明けるべきだろうか。どうしてこれまで内情を知る者は何も言わなかったのだろう。

そのときになって、彼女はようやく骨の髄まで冷えきる思いになった。彼らはすべて知っていたのに、何も言わなかったのだ。

家に帰ると阿玖は病気になった。それは三ヶ月間治らなかった。

三ヶ月の間、彼女はずっと断続的に微熱を発していた。家で伏せって、水を飲み、耐えられなくなると医者にかかったが、帰宅するとまもなくまたぶり返した。めったに家を出ず、食べ物も一度の買い物で長く持たせ、パンはひとつずつ小さな塊にちぎって、枕元に置いておいた。たまに買い物に出かけると、身体はまるで柳絮《りゅうじょ》のようにふわふわとして、風が身体に吹きつけると足元がふらつき、頭痛のあまり地面に横たわってしまいたくなり、全身に震えが走った。帰宅するとずっと眠りつづけ、夢とも現実ともつかぬまま悪夢にうなされつづけた。彼女は誰にも打ち明けず、それは天が彼女に与えた懲罰と自省の機会だととらえた。

病の中、彼女はたくさんのことを思いだした。

自分が最も後悔していることを思いだした。あの年大学を卒業し、彼らは招きに応じて音楽祭に出演した。音楽祭には大物が集い、最終日を控えた夜にはフェアウェルパーティーが開かれた。阿玖は陳君と一緒に行った。阿玖は興奮していた。パーティーのゲストは国際的に高い評価を得ている指揮者と作曲家で、ずっと楽しみにしていたのだ。陳君はもともと行くつもりはなかったけれど、阿玖が彼のためにチケットを手に入れた。ふたりは連れだって会場に着き、パーティー会場の端で様子を見ていた。阿玖はヨハンソン氏と夫人がアレンカ氏の傍らに座って談笑しているのを目にした。三人の横には席がひとつ空いていた。彼女はこんなチャンスは生まれて初めてだとばかりに、近づいて積極的に話しかけた。ヨハンソン氏は友好的に彼女と話をし、座るように勧め、中国音楽について尋ねた。阿玖は世界的に有名な指揮者が自分と話をしてくれたことが信じられず、様々な方法で相手に自分を印象づけようとした。彼女の頰は紅潮し、水を飲むことも思いつかなかった。どれだけ話しつづけたろうか、数十分だったたか、それとも二、三分に過ぎなかったかもしれないけれど、彼女はふと顔を上げて入口の方を見た。陳君はとっくに姿を消していた。阿玖は会場中を探したが、見つからなかった。彼が立ち去ったことを知り、自分の功利的な姿が彼の目にはどれだけはっきりと映ったかを知った。彼が立ち去る様子を思い浮かべ、恥ずかしさに赤面した。

阿玖はいつもそうやって揺れ動いていた。欲望に抗えないときもあれば、すべてが空しく、何の意味もないように思われるときもあった。そのぶれの中心は陳君で、彼は永遠に何も気にかけず、離れて立ち、外側に身を置いているようだった。ときに阿玖は彼が本当に何も気にかけずにいるのか測りかね、そうした態度に腹を立てた。彼の冷静さは鏡のように、彼女の気ぜわしい落ちつかなさを映し出した。

フランスに移って二年目、就職に最も苦労していた時期、阿玖は国に電話をかけ、自分の苦しみと恐れを話した。陳君は慰めて、大丈夫だといい、どうしようもなければ帰国すれば良いと言った。彼女の気持ちはわかるからと。

わかってないじゃない。阿玖は言った。

どうして？

男の人は自分の好きなことの中で生きているけれど、女は他人の目の中に生きているのよ。

私は帰れない。

彼女はこのすべてを夢に見たが、こうして自分のあらゆる言葉と行為が目の前を滑ってゆき、映像を編集したスライドのようだった。彼女は暗い夢の中でもがき、悪夢の閃光と戦い、病と戦い、無意識の思想と戦った。毎日目覚めると汗びっしょりだった。そうした日々が三ヶ月つづいた末に、一本の電話が彼女をたたき起こした。電話口では、彼女の最新のシンフォニーがもう練習を終え、初演を待つばかりだと知らされた。

阿玖は初演に出席した。出かける前に身繕いをした。何があっても、みっともない格好で人前に出るわけにはゆかなかった。彼女は紫のイブニングドレスを着て、髪をブローした。

コンサートホールは家から遠くなかった。タクシーを呼ぶ気にはなれず、ひとりで昔ながらの路地を通り抜けた。歩きながら考え、気持ちに最後の整理をつけようとした。

鋼鉄人が何を必要としているのかというと、ただ服従を欲しているのだ。あの者たちは威嚇と誘惑を武器に、恐れる者を恐れさせ、欲望する者の欲望をかきたてた。あの者たちは世俗の外に超然としているので、地球人はもはやあの者たちと戦うというより、自分の心の魔と戦っていた。阿玖はあとどれだけ戦いつづけられるかわからなかった。

路地の出口に来たところで、突然砲声が聞こえ、ざわめきと熱風に押し戻された。よく見ると、鋼鉄人がコンサートホールの前で強制排除を行い、座りこみの群衆と衝突が起きたのだった。真の鋼鉄人はめったに地上に姿を現さなかったが、ひとたび現れると非常に強硬だった。ホールの前に陣取っているのは大半が難民で、表面的には誰よりも弱い難民だった。

一部の難民が隠し持っていた武器を出して射撃を始め、鋼鉄人はただちに武力で反撃した。その者たちは携帯型の迫撃砲を伸ばし、広場を取り囲んで絨毯攻撃を始めた。二体の鋼鉄人が光と炎で柵を作り、即座にその場を離れることができなかった人々が将棋倒しになった。群衆は怖じ気づいて四方に逃げようとし、あらゆる路地に駆けこんだ。誰かが阿玖の立っている路地に駆けこみ、その後ろから砲火がやってきた。阿玖も逃げようとしたが、全身から力が抜け、ほとんど足を踏み出すことすらできなかった。慌てふためくばかりで、身動きがとれない。鋼鉄人の影がますます迫り、あわやという瞬間、恐れからか防衛本能からか、身体の接続ポイントが光りはじめ、光はつながって膜となり、彼女を包みこみ、一秒のうちにその者たちと同じ姿に変えた。彼女は路地の中央に立ちはだかり、まるで天から降臨した妖魔のようだった。彼女に向かって駆けてきていた人々は慌てて足を止めると、驚きと恐れの悲鳴を上げ、両脇のさらに狭い路地に散らばり、たちまち押しあいへしあいして踏みつけあった。彼女は怖くてたまらなくなったけれど、自分自身をどうすることもできなかった。群衆の後ろでは鋼鉄人が射撃をやめた。人類が屈服しさえすれば、その者たちは攻撃を停止するのだった。生き残った人々は一緒に身を縮めてがたがた震えていた。

彼女はゆっくりと人波を通り抜け、その者たちになることでもたらされる権威を初めて実感した。

彼女はその者たちの前を通り、内心さながら崩れ落ちるような感覚を味わった。階段を上ってコンサートホールに歩み入り、光の幕を収め、ゲストとして楽団が彼女の作品を完璧に演奏するのを鑑賞した。彼女は無感動にそのすべてを受け入れたが、頭の中をめぐっているのは、ホールに入る前に階段の上で目にした強制排除された子供のちぎれた死体だった。彼女の心の一部分は喪われ、身体もいっしょだった。彼女は自分がすでに死んでしまったことを知った。

その日、彼女はひとりでロンドン警察に入った。

それからの日々、彼女はシャングリラに向かう人々が次々に出発するのを傍観していた。シャングリラ、それは鋼鉄人が建設を約束した科学と芸術の天国だ。そこは立ち入りが制限され、楽園が築かれ、この上なく完璧な住宅と悩みのない創作環境を備えた花園となる予定だった。鋼鉄人は彼らの安全と作品のコレクションおよび普及活動を請け負っていた。もちろん、彼らの行動は制限された。

喜び勇んで飛行機に乗る者もいれば、疑う者もおり、重い心の者もいたが、彼らはみな去った。阿玖のオーケストラはみな去り、文学者は去り、数学者も去った。その中でごく一部の者だけが鋼鉄人の秘密を知っており、ほかの人々はそうした秘密すらまだ知らずにいた。

阿玖はぼんやりとした気持ちでこうしたすべてが演じられるのを見守っていた。ひとり残った彼女には、離れてゆく人々の悲しみや喜びは無縁だった。鋼鉄人には体調が思わしくないのでもうしばらく待たなければならないとごまかしたが、実はロンドン警察が約束した反撃を待っていたのだった。自分の行動はいずれ露見するだろうし、鋼鉄人は告発者を許すはずがないとはわかっていた。ロンドン警察も彼女のことを信じたとは限らないし、いずれにせよ彼女はたったひとりになるのだった。

ひとりで部屋に残り音楽を聴いた。どこにも行かず、ただ一杯の白湯を手にして、窓の木枠の傍らで音楽を聴いていた。彼女は沈鬱な色あいを好むようになり、あらゆる晩年の悲痛な作品を好むようになった。特にモーツァルトの交響曲第三九番と四一番を好み、モーツァルトの清冽さによって悲しみをより深めた。ブルックナーの第九を愛したが、早期の作品に比べて旋律的なのに、悲壮な味わいは少しも減っていない。ショスタコーヴィチの十番も良かった。ショスタコーヴィチのあらゆる作品の中で、ほとんど十番だけが好きだと言ってよかった。内にこもった静かなもの思いと、苦痛と暗黒の追憶、ペシミズムを伴うテーマと構成は、早期の作品の苛立たしい戦闘的な雰囲気を拭い去り、さらにひろやかな悲しみを残した。彼女は静かに窓際に座り、音楽の中にこの土地で上演される悲痛な結末を見いだせたとすら感じた。彼女にはなすすべがない。ラフマニノフのエレジーを聴く。こうした哀切な短調の曲は以前は好きになれなかったけれど、今は繰り返し一度また一度と聴く忍耐力が備わったせいで、悠然として凄絶な旋律がようやく真の意味で心に入ってきた。

彼女は相変わらず発熱していて、めまいと汗によって自らに洗礼を施した。

初めて静かな創作の欲求を覚えた。何かを書きたかった。ステージの下の聴衆のためではなく、彼女のアルバムを買うオーディオの前の聴衆のためでもなく、自分自身のために、自分のあがきのために、自分の悔恨のために、自分の最後の落ち着きのために。彼女が目にしたものとこれから日にしようとしているすべてのために。誰かに残す必要はない。それは滅びのために書かれる作品だった。

作品が仕上がらないうちに、彼女は陳君からの電話を受けた。

長いこと陳君には会っていなかった。彼女が有名になってからは、帰国する暇はめったになかった。彼の電話を受けて、胸には様々な思いがこみあげた。

彼に話したいことはたくさんあったが、とっさに何と言ったらよいのかわからなかった。今でもふたりの純粋な夢を思いだすと言いたかったし、自分が余燼の中から復活したことを言いたかったし、ますます彼がどうして何も求めずにいたのかわかってきたと言いたかったが、何も言わなかった。

彼女はテムズ河畔で陳君に会った。陳君はあまり変わっておらず、以前のままで、穏やかで、距離があり、恬淡としていた。グレーの立ち襟のジャケットを着ているのが、彼女のグレーのコートと引き立てあっていた。彼と肩を並べて歩く感覚が好きだったけれど、これが最後になるだろうことはよくわかっていた。

陳君は彼らの攻撃計画を説明し、阿玖の心には火花が起こった。その計画の結果のためではなく、自分の最良の行く末を見いだしたからだったからだ。彼女はその計画を気に入った。天地によって音楽を奏で、音楽で攻撃するなら、死んだとしても筋は通せる。心にはたくさんの情景が浮かんだ。小さい頃に一緒にヴァイオリンを練習した情景、大学のときに自転車の後ろに彼女を乗せてくれた情景、卒業のときの何ひとつ思い煩うことのない笑い、出国後はじめて帰国したときに空港で抱きしめてくれたこと、仕事が見つからずにいたときの深夜の国際電話、世界ツアーのときの客席で静かに注視する微笑み。彼女は最後の時間を彼と過ごせるのがうれしかった。彼女はもう長いこと彼と一緒にいなかったので、こうした情景をなくしてしまいそうだった。

「この計画が気に入っているんだ」と陳君は言った。「宇宙エレベーターを弦にして、地球の力でそれと共振を起こすのが、ぼくたちにできる最後の抵抗なんだ」

阿玖はうなずいた。「そうね、それ以上に荘厳な方法はないわ」

「本当にどうしても参加するのかい？　この作戦は危険だよ」

「わかってる。……わかってる。」

阿玖は陳君を見つめ、どうやって胸の内をたとえたらよいかわからずにいた。危険な揺るぎなさというのが今の彼女に思いつく唯一の内心の平安だった。それを除いては、彼女は生きる理由を思いつかなかった。

陳君は言った。「もし今回の作戦が終わって、運よく成功したら、一緒に帰ろう、ね？」

阿玖は泣きだした。彼女は陳君に抱きつき、自分の唇を見せないようにした。わたしたちは帰れない。彼女は声を出さずに言った。あなたを永遠に覚えておくことしかできない。

弦歌作戦の当日、阿玖は最も凝った衣装に身を包み、髪を結いあげ、化粧をしたので、見た人はみなきれいだと言った。キリマンジャロの雪山の静けさの中、彼女は落ち着いて演奏し、初めて指のこわばりが解け、内心の緊張も解けたのを感じた。彼女は音楽とひとつになった。音楽はヴァイオリンの弦を通じて高山と月に伝わり、天と地の間のすべてが消え、ただ草原と風、人間の妥協を許さぬ決意だけが残った。林先生は壇上で我を忘れたように指揮棒を振り、彼女もすべてを忘れた。最初の音符から突如として途絶えるその瞬間まで。

音楽は宇宙エレベーターを揺るがし、激しい気流が襲いかかった。作戦はまさにそうやって、地球と月の間の共振で片方の野心を打ち砕き、エネルギーを拡大して敵を葬ろうというのだ。しかし敵を一千人殺せば、味方は五百人が命を落とす。大地の震動も地面に亀裂を走らせ、能う限り山を崩し大地をひき裂く。阿玖は大地の揺れのただ中で平静だった。この最後のときを待っていたのだ。林先生の攻撃計画は不成功に終わるのではないか、妥協しない者の最後の狂おしい絶望にすぎないのではないかと疑っていたが、それでも構わなかった。まだ抵抗する者がいるということがわかっただけで充分だった。思いつく限り最高の結末だ。林先生もわかっていると知っていた。

空に戦闘機が見え、戦闘機は掃射を始め、炎がステージをなめ、オーケストラの団員は身を伏せて避難を始めた。彼らは鋼鉄人が自分たちを攻撃しに来たと思っていた。しかしそうではないことを阿玖は知っていた。鋼鉄人は彼女を追って来たのだ。この日、ロンドンの機密作戦で初めて襲撃を試行し、鋼鉄人の地球基地の攻撃が試みられた。鋼鉄人は数分の間に密告者を突きとめ、口封じに来るはずだった。

彼女はずっとそのときを待っていた。鋼鉄人に手を出させるまでもなく、彼女は自分で自分の運命を決めるのだ。死は最高の復活だった。

彼女は最後にひと目青空に浮かぶ清浄な雲を眺め、そして林先生に続き、大地の深淵に身を躍らせた。

生死のはざま

上

彼はこの見知らぬ街を警戒しつつ歩いている。空は灰色で、街も灰色だ。この街にはどこか奇妙で、危険を感じさせる空気がある。街の建物は摩天楼で、延々と連なる高層ビルがほぼひと続きになっている。鉄骨は灰色、ガラスも灰色、ビルとビルとの間の隙間も同じく深く底知れぬ暗灰色だ。空は濃い霧に覆われ、雲はおかしいほど低く垂れこめ、ビルの先端はどれも雲の中に沈んで、てっぺんが見えない。

彼は歩きながら観察し、街角に潜む危険に備えた。その歩みはゆるやかだった。

ここはどこなのだろうか。自分が死んだことは覚えている。深夜の二環路を、低速で運転して帰宅する途中、突然加速してきたマセラティに横からぶつけられ、運転席の端に押しつけられたままガードレールに衝突し、金属とガラスが身体に突き刺さった。その後の記憶にあるのは、病院で目にした天井の青い手術用ライト、それから病室の点滴の瓶、それからはもう何もない。

目を覚ますと、この街に来ていた。ここがどこなのかも、自分が死んだのかどうかもわからない。

死刑囚の島について聞いたことがあった。死刑の判決を受けた者が流される島だ。死刑囚をそこに閉じこめて生きる望みを絶つと同時に、人権活動家の要求に応じ、即座に処刑することはしない。彼方にある恐ろしい場所で、収容所群島のような凍てつく空気をまとっている。死刑囚の島にやって来たのだろうか。それがどこにあるかは誰も知らず、それが本当にあるのかどうかすら誰も知らない。

彼は足の下の大地を踏みしめて歩き、靴の爪先で土地の真実を感じとった。砂利の粒が意識された。通りには人が行き来していたが、誰も彼に目を向けず、ほとんどは足早に歩き、寒色系の服をまとい、暗い色あいの帽子とスカーフで顔を隠している。彼は誰かに話しかけようとしたが、道行く人は取りつく島もなく、ためしに呼びとめようとしても誰も足を止めなかった。

彼は小さな店を見つけた。たばこ屋や酒屋、または売店といった感じの街角の店だ。入口には字のかすれた看板があり、客は誰もおらず、店主がひとりカウンターの奥の、よく見えない隅に腰かけている。彼は店に入り、あちこち眺め回した。商品棚は風変わりで、天井から垂れさがった縄ばしごのようだ。ほこりが積もっていて、同じく古びてほこりを被った小さい商品が並んでいる。彼は用心深く、それらが何なのか見定めようとは思わなかった。店主は見たところ六十歳すぎで、彼が入ってくるのを見ても腰を上げず、口も開かず、焦点の定まらない瞳を戸口に向けていた。

「すみません」彼は咳払いして言った。「ちょっとお尋ねしたいんですが……」

店主は目を上げて彼を見た。彼はその目が蛙のようだと気づき、ぎょっとしてかすかに身震いした。

「ここがどういう場所なのかお聞きしたいんですが……」彼は唾を飲みこんだ。「すみません、何でとかとお思いでしょうが、ここに着いたばかりなので。よろしければ何という土地か教えていただけませんか……」

店主が口を開いたとき、声は異様に低く、やや しわがれており、長いこと人と話していないようだった。「ここには名前はない」

「え……」彼は虚を衝かれた。「……じゃあここはどこの大陸、どこの国なんですか？」

「どこでもない」店主は言った。

「どういうことですか？」

店主はおもむろに立ちあがった。「どこの大陸にも国にも属さない場所だ」

「ここは……」彼は少しためらい、腹をくくって尋ねた。「死刑囚の島ですか？」

「死刑囚の島？」店主はまた目を上げて彼を見やり、ゆっくりと足を引きずって彼に向かってきた。表情には少しの変化も見られない。「それはなんだね？　聞いたことはないが」

「でもここはどこかでしょう」彼は口をつくままに尋ねた。「あなたはここの方ですか？」

「違う」店主は言った。「誰もここの者ではない」

「じゃあどこから見えたんです？」

「わたしかね？　ヘルシンキだ」

彼は少し心を動かされた。「どうやってここに？」

「きみと同じだよ」店主は言った。

「自分でもどうやって来たのかわからないんですが」彼は言った。

「時間が経てばわかる」

店主は彼の横まで来ており、腰をかがめて壁から古びたはたきを取ると、緩慢なしぐさで商品棚のほこりを払いはじめた。店主の歩みはのろく、一歩ごとに大きな力を費やさなければならないようだった。手にしたはたきは灰色、つっかけたスリッパは灰色、着ているカーディガンも灰色だ。店主は入口から射しこんでくる光の中に立ち、全身に白い光の輪をまとっていた。

「じゃあ、どうやってここを出られるかご存知ですか？」

店主は逆に問い返した。「どこに行きたいんだね？」

「わかりません。ただ……もしかすると北京に帰るかも」

店主はひとつずつ品物にはたきをかけたが、動作はまるで壊れやすいガラス細工を扱うように慎重だった。店主の歩みを追って品物に目をやる。ごく普通の家庭で使う品物で、金属製品が多く、大半はパーツを組みあわせて作ったものだが、コップや皿といった日用品もあれば、純粋な工芸品もあった。すでに古びて錆びついているものもあるが、彼には何なのかわからなかった。

「ここに来たら」店主は言った。「帰れる人はいない」

「なぜですか？」

「勝てないものには勝てない」

「何に？」彼は緊張を感じた。

店主は足を止め、動かない時計を手に取り、なでまわしていたが、ややあって言った。「悔恨を味わわせるものだ」

「意味がわかりません」彼は店主の手に視線を注いでいた。

「それは結構なことだ。ずっと知らずにいられることを祈ろう」

彼は店主の言葉の意味を考えた。裏には何か曰く言いがたい秘密があるようだが、何なのだろう。店主はまだ品物の埃を拭いており、非常に丁寧で根気よく、手間を惜しまない。そこにちらりと見える写真は幾重ものひだに包まれていた。彼は続けてあることに気づいて驚いた。最初にはたきをかけた品物はすぐにまた厚いほこりに覆われている。

ここでは何も聞きだせそうにない。店主はずっと謎かけをしているようで、彼はこういう話し方が嫌いだった。まだわけのわからないところはたくさんあるが、店主は彼の欲しい答えをくれはしないだろう。彼は去ることにした。

敷居をまたごうとしたところで、店主は突然また口を開いた。

「あの女に聞くといい」店主は言った。「きみの質問に答えられるだろう」

「どの女ですって？」彼はあわてて足を止めた。

「一杯の茶を出す女だ。灰色のロングスカートを穿いて、上に住んでいる」

「どこの上ですって？」

「空の上だ」

「空の……」彼はどうしようもなくなった。「どうすれば彼女に会えるんです？」

「きみからは会えない。ずっと歩いていれば、彼女の方から訪ねてくるだろう」

「彼女はどういう人なんですか？」

「唯一すすんでここに残った者だ」店主は言った。

それが店主の最後の言葉だった。それからは、彼が何を尋ねても、もう口を開くことはなかった。彼は軽く会釈して、戸口に行き、振り返って店の中を見ると、店主は手に金属のコーヒーポットを持ち、壁際に腰を下ろし、そっとポットを撫で、背を丸めて何かもの思いにふけっているようだった。しばらくして、店主は身体をかすかに震わせると、顔にぎゅっと皺を寄せた。

彼は通りに戻り、再び無目的に歩いた。どこに行くのかわからなかったし、何に遭遇するのかもわからなかった。ただ随時現れる細部を観察し、心の中で簡単な推測をすることしかできなかった。

自分は死んだのだろうか。最初は死後の世界にいると思っていたが、時間が経つにつれて、自分の運動能力に確信を抱くようになり、自分が死んでいるとは信じられなくなった。魂の存在や、神や霊、天国と地獄などは何ひとつ信じていない。原子から構成される世界に、そんな怪異現象の余地はない。もし自分が今でもまだ思考でき、運動できるのなら、死んだとは信じられない。店主の表情を見る限り、ここは死刑囚の島でもないようだ。だがもし死刑囚の島でないなら、どこだというのだろう。こんなにひっそりとして場所を確定できない土地があるだろうか。想像がつかなかった。

通りはあいかわらずもの寂しい灰色で、わずかな人影の足取りは速かった。ときおり薄暗い隙間から見知らぬ姿が飛びだしてきて、彼をぎょっとさせた。こうした人影はいずれも非凡な雰囲気をまとっており、身につけたものも凝っていて優雅だが、しかし人を寄せつけなかった。速度のせいかもしれないが、誰もが少しふわふわしているようだった。皆すごい速さで歩いていた。

彼は店主の言葉を考えていた。何が「勝てないもの」なのだろう？　世界で最も強大な政権を経験し、彼にはその基盤を揺るがすすべはなかったが、それでもよくわかっていた。こうした強権でも、基盤には多くの穴があり、うち勝つすべがないわけではない。このような政権と戦うというのがどういうことかはわかっている。その弱点を捉え、攻撃を続けるのだ。強大な政権は常にその枠にこだわりすぎて、あちこちの穴をふさぐ暇がない。慎重の上にも慎重を期し、その弱点を探し当てさえすれば、道は見出される。ただこの街が誰の管轄下にあるのか、どうしてうち勝つことができないのかはわからなかった。

彼は帰りたかった。この場所は危険に感じられた。注意深く前に進みながら、同時に店主が言った女について考えた。誰なのだろう？　通りを歩きながら、周囲のすべてを観察する。道行く人の違いを気にとめなければ、通りと店の様子は彼のよく知った世界とそう変わらない。高層ビル、大通り、個性的な店。ただ店には客がいなかった。こうした世界で出会う人は、頭が切れて細やかで、契約意識が強く、いつどこでも商談に入れるだろうと想像がついた。

少年が彼の前を駆けてゆき、後ろから警棒を手にした人々が追いかけるのが目に入った。駆けよって止めようとしたが、彼らの足は速く、身体が反応したときにはもう逃げる者も追っ手も消えていた。その人々が消えた道に沿って前に進み、ちょっと行くと、先ほどの追っ手が誰かを引っ立ててゆくのが再び視野に入った。捕まった男の顔はよく見えなかったが、彼はこっそり塀の後ろに身を隠した。

彼は遠くからあとをつけて行った。だが彼らはますます歩調を速め、引っ立てられている男まで飛ぶようだった。瞬く間に通りを一本折れこむと、その姿は見えなくなった。角を曲がったのは見えたが、追いついてみるとその先には誰もいなかった。さらに少し走ってみたが、彼らは完全に姿を消してしまったようだった。

さほど遠くない十字路に大勢の人が集まっているのが見えた。近寄ってみると、もっと広い通りが横に走っていた。通り沿いの建物は非常な規模で、幅も奥行きもけた外れだ。軍事基地のように、灰色の建物の設計は異様で、斜めの立柱と丸屋根がつながっており、尖塔の周囲は鉄柵に幾重にも取り巻かれ、てっぺんは雲の中に消えている。長い機械のアームが空中を移動し、巧みに小さな塔をつまみあげると、もうひとつの建物に移した。

十字路の両側には人が集まり、道の真ん中には重機でバリケードが築かれている。人々は押し合いへし合いして道の真ん中になだれを打ったが、中央の重機が左右に移動し、車と車の間に数十メートルの網を張った。群衆は移動したが、誰も声を上げない。重機の運転席には誰もおらず、車は自動で左右に動き回っていた。彼は静かに群衆の後ろに立ち、どんな人物のために張られた警戒線なのだろうと考えていた。前に出て行ってこの街の隠された高位の人物をひと目見たいと思った。人混みをかき分けて中に潜りこむと、誰かが彼の足を踏み、彼もまた誰かの足を踏んだ。それでも誰も声を上げず、あたりは理不尽なほど静かだった。

突然、ある曲がり角に警備員が飛びだし、彼らの方に駆けてきた。周囲の人々はすばやく四方に散り、それぞれの方向にダムの放流のように去ってゆく。人々の足はとても速く、彼は後ろから追ったが、またついてゆけなくなった。警備員はどんどん迫ってきて、彼は懸命に走ったが、ほとんど足が動かなくなってしまった。

突然、脳裏にある考えがよぎった。立ちどまって警備員と向きあい、このまま捕まれば、何か情報が得られ、誰によってこの街がコントロールされているのかを知ることができるかもしれない。速度を緩め、背後の物音に耳をすました。立ちどまり、ぜえぜえと息をつく。捕まる心構えはてきた。

誰かが彼の肩を叩いた。振り返った瞬間、ぎょっとして震えが走った。後ろにいたのは警備員ではなくひとりの女で、つばの広い帽子をかぶり、灰色の丈の長いワンピースを着ていた。彼女はいったいどこから出て来たのか、ただ彼の背後に立ち、そこでずっと彼を待っていたかのようだった。

「行きましょう」彼女は言った。

帽子のつばに半分隠れて、顔立ちがよく見えない。警備員は相変わらず追ってきており、彼らのすぐ後ろに迫っている。

「行く？　どうやって？」

「ついていらっしゃい」

彼女は彼の腕をとり、ろくに見もせず横の回転ドアに飛びこんだ。彼も転がりこむと、立ちあがって彼女に続いて廊下を走り、すぐに廊下を突き抜けて建物の反対側に出た。もうひとつの回転ドアから、彼女は彼を連れて飛びだしてゆく。別の通りに出るものと思っていた彼は、出るなりあっけにとられた。彼らがいたのはほぼ荒野といってもよい土地で、がらんと何もなく、がれきのような破片と崩れた塀があるばかりだった。さっきの通りと高層ビルは姿を消し、ただ彼方に高層ビルのシルエットがぼんやり見えた。彼は振り返り、通ってきた廊下がただ一本ぽつんとあるだけで、建物の中にあったのではなかったことに気づいた。回転ドアはひとりでに回転を続けていたが、その後ろにあるのは空気のみだった。

女はすでに先に行っており、手を振って彼を呼んだ。彼女は身を躍らせて崩れた塀に跳びあがると、またひと跳びし、うち棄てられた鉄階段の最上段に跳び乗った。彼は崩れた塀の前に行ってみて、少なくとも三メートルはあることに気づいた。愕然として女を見あげた。

「おーい、どうすればいいんだ？」彼は大声で叫んだ。

「跳びなさい」

「どうやって？」

「跳べばいいのよ！」

彼は疑いつつ試してみたが、一度目はもう少しで跳び乗れるというところまできたものの、バランスを崩して落ちてしまった。二度目は軽々と塀の上に乗ることができた。もう一度跳んで、鉄階段には乗れたが、てっぺんには届かず、そこから数段よじ登った。女はもう先に進んでいた。彼は後ろについて、ひと跳びずつ登っていった。彼は女がほとんど切り立った崖のような崩れた壁に沿って登ってゆき、周囲の木と街灯の助けを借りて、上へ上へと身を躍らせているのに気づいた。それから先は、壁の断面がぎざぎざの縁となっており、彼女はそこをつたって登っていった。気づくと彼らは雲の中にいた。この壁はもともと高層ビルの一部だったのが、ぽつんと大地の中央にそびえており、数百メートルほどありそうだった。どんな物理的原理でこの壁は崩れずに立っているのだろう。

壁の断面を跳んではほとんど最後に近づいたところで、勾配が急激に険しくなった。ふり仰いでみると、崩れかかった壁の端に、ぽつんとただ一本だけの鉄骨が壊れた塀の上に家を支えている。家は小さく、壁は灰色、屋根は円錐形で角がはねあがり、あずまやのようだ。それはぽつねんと鉄骨の突端にあり、四方を迫るように雲霧が取り囲んでいた。

灰色の服の女は身を躍らせ、家の戸口のポーチへと跳び移った。彼は足下の雲と視界の彼方の大地をちらりと見ると、目を閉じて、上に身を躍らせた。尻が固いポーチに激しくぶつかったのを感じた。

女は彼に一杯の水を出した。なめてみると水で、茶ではなかった。

家は小さく、ひと間だけで、ベッドと机があるばかりだった。ベッドには飾り気のないシーツがきっちりかけられている。白地に灰色の模様だ。小さな部屋には窓がひとつしかなく、外の灰色の雲と彼方の黒い連山に面していた。

「あんたは誰なんだ？」彼は女に尋ねた。

女は窓の前に立って外を眺め、彼にはただしなやかですらりとした後ろ姿を見せている。その言葉を聞いて、振り返って彼の方を向き、白いあごを見せたが、帽子のつばで顔は隠されていた。

「ここで客を迎える者よ」女は言った。

「ここはどういう場所なんだ？」

「どう思う？」

「わからない」彼は言った。「考えてみたが思いつかない。死刑囚の島でなければ、こんな変な場所がどこにあるんだか想像がつかない」

「ここは変かしら？」女の声は静かでもの柔らかだった。

「かなりね」彼は言った。「相対的に言ってかなり変だ」

「何か見たり聞いたりした？」

「通りでは誰も声を出さないし、誰も会話をしていない。だから何も聞いていない。……見かけた人たちはみな忙しそうで、何か特殊な任務を帯びているようだ。街全体が灰色だ。みな身につけているものは高級そうだが、何かが心にのしかかっているようだ。街には相当の特権階級があって、民衆と衝突が起きている。統治者は戒厳令を敷いて、警察を道具にして抵抗者を追い散らしている。もしかすると何か機密作戦があって極秘に鎮圧しているのかもしれない。おかしいのは、街が異様に静かで、すべてが静寂の中で起こっていることだ」

女はしばらく彼を見つめているようだった。

彼は女の顔を見たくてしかたなかったが、帽子のつばが深くおろされて、形のよい口もとしか見えなかった。

「あなたは緊張しているわね」女は言った。「あなたの生活はせわしない雑事で占められている。あなたは序列に敏感で、政府を嫌っているのに、上層部に注意を向けたがるのね。少し陰謀論の傾向があるわ」

彼女はわずかに言葉を切った。「ということは、あなたは北京から来たのでしょう」

「え……」彼はとまどった。「北京から来た。でもこれと……」

「相《かたち》は心から生まれる」女は言った。

「なんだって?」

女は手を挙げ、ほっそりした指で窓枠をゆっくりなぞった。「ここが気にいった?」

「気に入ったかって?」彼は目で女の指先を追った。「さあ、来たばかりだから。まあまあかな、ちょっと不気味だけど」

「ここでずっと暮らすとしたらどう？」

「どういう意味だ？」彼は女の口もとにちらりとからかうような笑みが浮かんだのを見てとった。ごくかすかな、誘いのようでもあった。「ここで暮らすってどういう意味だ？　暮らしてほしいのか？」

女は笑って、またくるりと窓に向かい、外に身を乗りだした。首筋の優しい線と、長い髪が首の片側に流れ、幾筋かの柔らかい髪が白くみずみずしい肩にかかっているのが目に入った。女の背中はすらりとして柔軟だった。彼は思わず女に近寄った。歩みはゆるやかで、内心いくらか緊張していたが、つい手を伸ばし、後ろから腰に触れんばかりになった。腰にはヴィーナスのえくぼがあるはずだ。

女は最初は身じろぎひとつしなかったが、彼の手が触れそうになると、突然右に身を翻し、巧みにすり抜け、何事もなかったかのように傍らの机の方に移動した。

「顔を見せてくれないか」彼は思わず口にした。

女は机の脇に立ちどまり、そっと身をもたせると、机から小さな地球儀を取りあげた。仕草はもの柔らかで上品だった。

「まずこの場所の問題について話しあうのがいいでしょう」女の声は変わらず落ちついていた。

「どうやってここに来たんだと思う？」

「わからない」彼は言った。「顔を見せてくれ」

「ここに来る前には何があったの？」

「車の事故だ。手術を受けて、それから意識を失った。……その後で何があったのかはわからない」

彼はまた女に向かってゆっくり歩み寄った。その口もとを見つめていた。心に決めた、近づいたら帽子を取ってやると。

「理屈から言えば、大きな事故の後はどうなるかしら？」

「死ぬ？」彼は上の空で口にした。

十分に近づいたと感じた。手を伸ばせば彼女の顔に届く。彼の身体はすでに女の肌の息づかいまで感じられた。

「じゃああなたは死んだと思う？」

「死んでないのははっきりしてる」彼は言った。「でなきゃどうしてこうしていられるんだ」

彼はさっと手を挙げた。手のひらに汗をかいていたが、動作には迷いがなかった。彼女の帽子をひったくり、長い髪が舞いあがった。

「そうじゃないわ。あなたは確かに死んでいるのよ」彼女は言った。

「嫣然《イエンラン》！」彼は叫び声をあげた。

目の前の女はなんと嫣然だった。彼はあっけにとられた。自分が嫣然と会えるなんて思いもよらなかった。しかもこんな近くで、向きあって立ち、身体は二十センチも離れておらず、手を伸ばせば腰を抱ける距離とは。昔はただ遠くから彼女を見るばかりで、いちばん近くても十人がけのテーブルの両端だった。彼女はいつもたくさんの人に囲まれていて、彼はその中に割りこむのは嫌だった。

「わたしの話が聞こえた？」彼女は尋ねた。

「嫣然、どうしてここにいるんだ？」彼は尋ねた。

彼女の目はくっきりとしたアーモンド型で、まつげは長く、鼻がちょっと低いという者もいたが、彼はちょうどいいと思っていた。彼女は授業中いつも集中して前を見つめていて、ちょうど今、女が瞳を凝らしているようだった。目は常に豊かに何かを語っていた。

彼の答えを聞いて、女はそっとため息をついた。「わたしは嫣然じゃないわ」

「嫣然じゃないって？」彼は言った。「まさか？　きみを知らないとでも思ってるのか？」

彼女は答えなかった。「わたしの話が聞こえなかった？　あなたはもう死んでるの」

「怖いなあ」彼はわざと脅えた表情をしてみせた。「きみもホラーが好きなのかい？」

「本当のことよ」

「わかった、おれは死んだ。じゃあここに立っているのは誰だ？」彼は手を伸ばし、ぐるぐると腕を回し、また部屋のあちこちを指した。「もし死んでいるなら、ここは冥土じゃないのか？」

「じゃあこれだけ聞くわ」女は横に一歩踏みだした。「さっきどうやってここまで跳んで来られたんだと思う？」

「こっちが聞きたいね」彼は女の歩みに合わせた。「重力を軽減する装置があるんだろう」

彼女は首を振った。「違うわ。これは死後の世界、あなたの世界よ。だからあなたの好きなようにできる」

彼は笑った。「好きなようにできるって？」

「相《かたち》は心から生まれる」

「本当に？」どういうわけか、彼は突然大胆になった。普段は軽い男ではないのだが、誰でもこんなときならそうなるだろう。両手を彼女の腰に伸ばした。「もし好きなようにできるなら、どうしたいかきみはわかるはずだ。きみの言葉を証明したくはないかい？　証明してみせてくれないか？」

もう彼女に触れており、柔らかい腰の感触があった。うつむいて彼女にキスしようと思った。しかしできない。彼女は地面に向かってするりと、柔らかい身体で、奇妙な角度で腰を曲げて彼の腕をすりぬけると、魚のようにその囲みから抜けだした。

「あなたはまだ準備ができてない」　彼女は部屋の反対側に立ち、彼に言った。

「何の準備だって？」

彼女はそっとスカートの皺を伸ばした。「真相を受けいれる準備よ」

彼は心中むずむずしてならなかった。彼女の言葉を聞いていたかったが、どちらでもよかった。彼はさっきもう彼女にあんなに近づき、ほとんど抱きしめられるほどだったのだ。

「何の真相だって？」　彼は言った。「聞くから話してくれ」

彼女は首を横に振った。顔にはうっすらと悲しみが浮かんでいた。「まだそのときじゃない」

彼女は言った。「また会いに来るわ」

「行かないでくれ」　彼は慌てた。「今教えてくれ。準備はできている」

彼女は窓辺に移動した。「また会いに来るわ」

「いつ？」

「人生でいちばん大事なものが何かはっきりわかったとき」　彼女は窓辺に立ち、ちらりと外に目をやった。

彼はこっそり戸口に移動し、立ちはだかって彼女を逃すまいとした。

彼女は戸口に向かわなかった。意味深に彼に目をやると、身をひるがえして窓からひらりと飛び降りた。

「やめろ！」彼は驚いて叫び、窓辺に突進して、外を見下ろした。

窓の外にはただ灰色の雲が、足下に渦巻いているばかりだった。

彼は部屋の中で長いことぼんやりとしていたが、戸を開けて、また一歩ずつ元の地面に戻っていった。来た道に沿って歩き、来たときに通ってきたあの回転ドアを探したが、あちこち歩きまわっても見つからなかった。見覚えのない道、見覚えのない街の風景。

彼は歩きながら、心を落ち着けた。嫣然の姿がしだいに目の前から薄れ、ホルモンの呼び起こした興奮も少しずつ静まり、冷たい風に吹かれ、さっき我を忘れたことを少々恥ずかしく思いはじめた。少しずつ彼女がさっき自分に何を言ったかを思いだし、考えてみた。考えれば考えるほど、骨に沁みるような寒気が背中に忍び寄るのを感じた。

あなたはもう死んでいるの。

おれは死んだ。

死んだって？

彼は身震いした。ありえない、絶対ありえない。たとえ当時ひどい怪我を負ったと知っていても、死ということを受け入れるのはやはり無理だった。今の感覚はあまりに現実味がありすぎる。

彼ははっきりと周囲のすべてを見ることができたし、コンクリートの壁の断面のざらざらしたところも、雑草と土の粒も、自分の手と足の靴紐も見えた。彼は歩いていた。自分の足に言うことをきかせられたし、足と靴がこすれるのも感じられたし、道の真ん中の小石を蹴飛ばすこともできた。彼は頬にナイフのような寒風が吹きつけるのを感じられた。膝は痛み、いくらか空腹を感じた。

こうしたすべてがこれほど確かで、行動もこれほど自由なのに、どうして死んだなんてことがありうるだろう。

彼は通りに沿って早足で歩き、角に来ると適当にもう一本の通りに曲った。通りにはやはり誰もいなかったが、それほど寂しい感じはしなかった。店が少しずつ視野に入ってきた。パン屋があり、入口には鉄細工の看板がかかり、木の小さいテーブルが置かれ、大きなトレーに何種類かのパンとクロワッサン、バゲットとチョコレートパイが並び、見たところ焼きたてのようだった。

彼は腹が鳴るのを感じながら、店の中を覗いてみた。誰もいない。店主を呼んでみたが、誰も答えなかった。注意してみるとパンはまだ香ばしく、空腹を刺激した。こらえきれずにクロワッサンを手に取り、あとで店主が出て来たら金を払おうと思った。クロワッサンはよい香りがして、まだ温かかった。バゲットも見たところとてもぱりぱりしていて、フォアグラのペーストがあればよいのにと思った。うつむいて探してみると、テーブルの下の草で編んだかごに本当にフォアグラのペーストが入っていた。彼は満足して、テーブルに並べてあった紙皿とプラスチックのナイフとフォークを手にし、小さな缶のフォアグラを選んで、傍らの草地の一角に腰を下ろし、つばを飲みこむと味わいはじめた。

急いで食べたので、すぐに満腹を感じた。しかしあまりに美味だったため、まだもっと食べたい気がした。

食べながら、嫣然が彼に言った言葉をすべて思いだし、そこからひと筋の手がかりを得ようとした。しばらく考えてみたが要領を得ない。彼女を想いはじめた。しなやかな腰とほっそりした首筋を。いつまた彼女に会えるともしれなかった。

なぜ人生でいちばん大事なものが何かなどと聞いたのだろう？　何の関係があるのだろう？

「いちばん大事なのはきみだよ」彼は次に会ったときにそう告げることを想像した。

これはもしかすると試練で、彼の気持ちを試しているのかもしれない。もしそうなら、彼女が待っているのはまさにこの答えだろう。違うか？　女はみなこの答えを欲しがる。

「嫣然、ずっと想っていたよ。おれは本気だ。人生でいちばん大事なのはきみだ」

彼はまじめくさって練習し、その文句を声に出した。

そのとき、ふと前の角を若い娘が通ってゆくのが目に入った。恋人の小恵《シャオホエ》によく似ている。彼は立ちあがり、小走りになって、確かめようとした。しかし角を曲がるとそこには誰もいなかった。

見間違いだろうと思った。なぜだか、心の中に不愉快な感じがした。彼はまた戻って、腰を下ろし、残りの昼食を腹に収めようとした。しかしそのとき食べ物からは急にさっきまでの味が失われてしまった。

彼は嫣然のことを考えながら、小恵のことも考えた。小恵とつきあいはじめてもうすぐ二年になる。そこまで愛してはいなかったが、憎くもなかった。彼女は醜くはなかったが、ただちょっとぼんやりしたところがあり、スタイルは悪くない方だが腰まわりがぼってりしていた。とはいえ結婚相手にはよさそうな気がした。彼にぞっこんだったし、彼の言葉と判断なら何でも信じた。

彼は彼女がふだん面白がっていることは好きではなく、『康熙来了《カンシーライラ》』〔台湾のバラエティー番組〕とか何とかは一切見なかった。彼は証券会社に勤めていて、彼女は園林局勤務で、共通の話題が特に多いわけではなかった。彼女はいわゆる生活に必要な規則を信奉しており、何時に食事するとか、何時に寝るとか、どんな人に対してどんなことを話すべきだとか、時々彼はうっとうしくてならなかった。しかしかんしゃくを起こして、彼女を無視すると、彼女も強情は張らずに、基本的には彼の言うとおりにするのだった。

　今は彼女に会いたくなかった。心の中に言葉にできないいやな感じがあり、彼女のことを思うとどうも苦しい。嫣然のせいかどうかわからなかったが、前には小恵のことを考えてもこんな感じにはならなかった。

　嫣然とふたりだけになるチャンスは初めてだった。就職してから彼はよく後悔した。せっかく嫣然とずっと同級生だったのに、一度もきちんと告白しなかったとは。もしかするとチャンスがあったかもしれないのに。しかし当時はまだ若かった。嫣然が彼にどんな印象を持っていたか考えたことはなかったが、『あの頃、君を追いかけた』の映画を見てから、同級生のひとりが思いついたようにひとこと言った。あの頃嫣然はお前のことけっこうよく思ってたんだぜ。彼の心はたちまち複雑な感情に満たされた。

　しかし嫣然も変だぞ、何だってここに現れたんだ？　しかもあんな妙なことを言って？

「あなたはまだ準備ができてない、真相を受け入れる準備が」

　彼が死んでいると言い張っていたが、どうしてだ？

　空から跳びおりたりして、危なくないのか？　それとも彼らが跳びあがったのと同じように、何か物理的法則を無視したシールドが存在しているのだろうか？　彼女は見たところ落ちついていて、危険がないことを確信しているようだったが、それで大丈夫なのだろうか？　それとも精神に何か問題があって、でたらめを口にし、自殺したというのか？　ありえない。この場所を熟知しているようだったし、そう装っているわけではなさそうだった。しかし、どうしてこの場所を熟知しているんだろう？　そんなはずはないのに。

彼女はこの世界が彼の死後の世界だと言った。彼は考えた。ひどいでたらめだ、もし彼女が言うとうに、この世界が彼の意のままになるなら、そう考えただけで遠くのあの建物を倒壊させることができるというのか。

婿然は一体何の謎をかけているのだろう？

彼は腹いっぱいになり、立ちあがった。金を払わなければならないということも思いださず、パン屋の店主も結局姿を現さなかった。

彼は前に進み続けた。小恵を見かけたさっきの角を曲がると、遠くに何か争っているらしい人だかりが見えた。彼が近寄ろうとしたとき、突然どこか違和感を覚えた。足を止め、その場に立って、激しい動悸を感じながら、呆然とあたりを見回した。この感覚の出所を知りたかった。何か異様な風が身体を吹き過ぎた。

彼は回れ右をして、ついに違和感の正体を目にした。

遠くの、先ほど彼が睨みつけたあの建物が倒壊するところだった。物音ひとつたてず、石材が崩落する。

彼はあっけにとられ、あんぐりと口を開け、全身の毛が逆立った。

その場に凍りついたまま、どうしたら良いかわからなかった。

彼方の建物が倒壊するなんて、9・11のときにテレビでそんな光景を見たことしかなかった。建物本体が真ん中から割れ、一階ずつ下に崩落し、外側のガラスとタイルが裂けて剝がれ、四方に飛び散った。土埃は立たず、ただ白い煙が空中に広がって消える。彼の心はタイルとともに崩落し、地面に落ちてもまだやむことなく、深淵に落ちてゆくようだった。次第に、街全体が崩壊し、存在が消えるのを感じた。ひとつの建物が引き金となり、あらゆるビルが傾き始め、全方位に広がって、一棟また一棟と倒壊してゆく。不思議なことに相変わらず無音で、再生されたスローモーションの映像のように、音を除けばすべての細部が鮮明だった。鉄筋コンクリートが崩壊し、空気中に飛び散って無に帰した。

彼は自分の世界が瓦解するのを目の当たりにして呆然と立ちつくしていた。

下

それから、彼は夢遊病者のように首をめぐらし、また小恵の姿を目にした。遠くの人混みの中に。

どこか胸苦しい感じがまた訪れた。何割かの緊張と、何割かの恐れ、何割かの逃避の衝動だ。都市が陥落するように、その瞬間、彼の胸の内はまるで石が底なし穴にどこまでも落ちてゆくようだった。

彼は数歩進みでて、小恵に声をかけた。だが聞こえていないようだった。小恵が取り囲まれ、腕をつかまれているのを見て、駆けよっていった。彼らは黒い服を、小恵は赤い服を着ていた。小恵は彼らを振り切ろうとしたが、その動きは弱々しかった。彼らは暴力をふるうことはなく、冷淡に小恵の腕をつかみ、車に向かって歩いていった。

彼はパニックを起こし、駆けよっていったが、連中の歩みの方が速かった。彼は加速しようと歩幅を広げ、たちまち一ブロックを通り越した。ほとんど飛びたつように、ひらりと軽自動車を追い越した。胸の言葉にできない悲しみが、必死に走る彼を後押ししていた。

それでも彼はやはり遅かった。連中は彼らの車のところまで来ているのに、彼はまだずっと後ろにいた。最後にはほとんど追いつきそうになったものの、それでも一歩遅かった。彼らは小恵をマセラティに押しこむと、素早くスタートさせた。

彼は突然憤懣を覚え、名状しがたい怒りが燃えあがるのを感じた。あのマセラティを追いかけなければ、何としてでも追いつかなければと思った。そして走り始めた。無限のエネルギーが身体に生まれるのを感じ、車をストップさせるか、自分が追い越すかしようと思った。その名づけようのない力に駆られ、追いつこうとした。

彼は大またに、さっきの数倍以上の速さで走った。それと同時に、車を止めようと心の中で念を送り続けた。最初は何の反応もなかったが、五ブロック走ったところで、車は本当にスピードを落とした。氷の上を走るように、タイヤが空転して力が伝わらないようだ。車が止まるのを見て、内心の憤怒は喜びに変わったが、彼自身の速度が速すぎたために一ブロック半も走ったところでようやく止まり、車の前に引き返すことができた。

車内を覗いたが、小恵はいなかった。

愕然とした。彼女が車に押しこまれるのを目にし、車はずっと止まらなかったというのに、彼女は車内にいないのだ。

どこへ向かったらよいかわからなかったが、胸の中の怒りはますます燃えさかった。

「出て来い！」彼は運転手に指を突きつけた。

運転手は取りあおうとせず、ただエンジンをかけて懸命に前進させようとするばかりだった。

彼は車の前に飛びだし、力の限り車を止めようとした。運転手はアクセルを思い切り踏みこみ、全力で加速したが、彼は渾身の力をふりしぼり、両手を突っ張って全力で車の前進を阻んだ。持てる力のすべてを費やし、頭には血がのぼり、足は地面にこすれて痛み、腕の筋肉は震え、身体に痛みが走った。

しかしそれにもかかわらず、彼はやはり車の衝撃に耐えていた。運転手は全力で前進させたが、ほとんど進むことができなかった。

彼は踏ん張りながら、悲しく意識した。これはまさに彼が意のままにできる世界なのだ。

全力を尽くして車を阻止することができたが、それが何よりも悲しかった。

車は完全にストップした。車内から数人が飛びだして、彼を取り囲み、殴りかかってきそうだ。

彼は彼らの視線を受けとめた。人々は凝った仕立ての黒いスーツに身を包み、スラックスの線にはきっちりとアイロンが当てられ、シャツの襟にもぴんと糊がかかっていた。彼は恐れなかった。

これは彼の世界だとわかっていた。人々は彼を取り囲もうとし、彼は袖をまくり上げ、闘いの準備をした。

子供の頃の様々な記憶が身体によみがえり、小学二年のときに上級生にいじめられたこと、五年のときに同級生と喧嘩して負かされたこと、中学二年のときには近くの高校の不良にカツアゲされ、抵抗しようとしてボコボコにされたことを思いだした。あらゆる記憶がこのときに彼の身体に集まり、今日こそ目にもの見せてやれるのだと悟った。頭ではこんなふうに目にもの見せるのは情けないと思ったが、血と肉は興奮に沸きかえっていた。

彼らが飛びかかってきた。先頭のひとりは力が強く、彼はほとんど全力でようやく正面からの一撃に耐えることができた。後ろのふたりが警棒のような金属棒を取りだし、めったやたらに打ちかかってくる。彼は腕でいちいち防ぎ、隙を突いてふたりの腹を攻撃した。先頭の男は彼の頭に拳をふるったが、彼はすばやくかわし、その勢いで相手の腕をつかみ、身体を斜めにして相手の胸に押しつけ、見事な背負い投げで遠くに放りだした。相手は壁に激突してずり落ちた。鉄棒を手にしたふたりは攻撃を続け、ひとりの棒が彼のふくらはぎに当たり、彼は痛みのあまり目の前に星が飛び、よろけそうになったが、怒りに再び火がついた。正確に攻撃の隙を狙い、擒拿《きんだ》〔中国武術の〕の技を繰りだしてひとりの腕を押さえつけ、手の鉄棒を奪いとり、その勢いで足下を払った。相手は虚を衝かれて後ろにひっくり返り、それから死にもの狂いで逃げだした。もうひとりの鉄棒を持った男もやや落ち着きを失い、鉄棒を握って彼に何度か打ちかかったが、技を受ける力がなく、きびすを返して駆けだす。車の横にはもうひとり闘いに加わっていない男がおり、眺めていたが、これを見てそのまま逃げだした。彼らが近くのビルに向かって疾走するのを、彼は後ろから鉄棒を振り回して追いかけた。

彼ら数人は逃げ足が速く、なりふり構わず、スラックスの裾からは靴下のゴムの部分まで見えていた。彼も全力で追いかけ、大またに走ると、尽きることのない力が足に漲るようだった。

男たちはそのビルに駆けこんだ。もう少しで追いつくところだったが、彼らはビルに入るや四方に散ってしまった。ビルの中には大勢の人が行き来しながら働いていて、ひっそりとした通りとはまったく違うのに気づいて彼はあっけにとられた。ふたりは人混みの中を縫うように逃げて姿を消したが、もうひとりはホールの壮麗な大理石の階段を駆けあがってゆくところだった。階段の両側には天使の塑像があった。彼はその男を追って階段を駆けあがり、途中で大勢の人にぶつかって、書類があたり一面に舞った。

彼は走りながら考えた。ここは彼の職場とよく似ているが、もっと豪華で規模が大きい。くすんだ金色の地の壁には、赤味の金で梅の花が描かれている。天井はとても高く、巨大なシャンデリアが下がっていて、輝くディスクのようだ。階段はシャンデリアの周りを一周ずつ上がってゆき、彼と相手は疲れも知らずに駆けあがり、相手は逃げることに専念し、彼はあきらめることなく追いかけた。

何百周しただろうか、ほとんどビルのてっぺんまで来たところで、両側の廊下はどんどん短くなり、最後にはひとつのフロアに一、二部屋しかなくなった。黒い服の男は最上階の部屋に潜りこみ、彼もそれに続いた。部屋は広く、円形のガラスでほとんど全方位を目にすることができた。

部屋には大きなカウンターがあり、その後ろの玉座のようなソファーに、ふとった男が座っていた。男は禿げていて、首には肉がひだになり、手には三つの太い指輪をはめている。部屋の左右には二列にいかめしくたくましい黒衣の男が並んでおり、先ほどの男は駆けこむなりその中に紛れこんでしまい、誰が彼だかわからなかった。男たちは無表情に仁王立ちし、両手を身体の前に組んでいる。

彼は中央に立ち、部屋を細かい部分まで見回した。暗褐色の木製の本棚から、部屋の反対側の酒棚と巨大な本革のソファーまで。胸の奥に火が燃えあがった。

ふとった男が合図すると、両側の黒衣の男たちは同時に彼に近づき、取り囲んで一歩ずつ迫ってきた。彼はさっと周囲を観察して、飛びあがり、かいくぐって抜けだすと、カウンターの後ろのいちばんガラスに近い隅にもぐりこんだ。男たちは不意を突かれ、すぐに後を追ったものの、カウンターの左右に分かれて両側から列になって近づかねばならなかった。

彼は笑った。男たちのまぬけで忠実なさまがおかしかった。彼はまたしばらく待った。

突然、部屋の両側の巨大なガラスがすべて砕け、強風が部屋に吹きこむと、床が崩落し、二列の黒衣の男たちも風に巻きあげられ、あるいは深淵に墜落して瞬時に姿を消した。

部屋は静かになり、ひと回り小さくなった。彼とカウンターの後ろのふとった男だけが向かいあっている。書類と工芸品は強風に吹かれてすべて床に落ちていた。彼は風の来ない隅から出てくると、部屋の中央に進み、ふとった男の気弱な顔を見た。

「降参かい？」彼は笑って男に尋ねた。

ふとった男は何も言わない。

彼はもう一度尋ねたが、ふとった男はやはり答えなかった。

彼は気づいた。この世界全体で、本当に彼と口をきいたのは、雑貨屋の店主と嫣然のふたりだけだ。

「おれの話が聞こえたか？」彼は苛立った。「立て！」

ふとった男は動かなかった。彼は大またに歩みより、男の襟首をつかんだ。男は少しもがいたようだったが、ぼんやりとした目にはただちにあきらめの色が浮かんだ。彼は男に平手打ちを思いきり見舞ってから、日頃の上司に対するあらゆる恨みをこめて、ピシャリピシャリと立て続けにひっぱたいた。ふとった男には抵抗する力が無かった。しばらくして彼は自分でもつまらなくなり、腕を振って、ふとった男を窓の外に放りだした。

彼は満足してふとった男の席に腰を下ろした。風はまだびゅうびゅうと吹いている。手を伸ばし、デスクからずっしりしたペン立てを取って弄ぶうち、この稀有な快感を堪能する間もなく、突然、後ろから声が聞こえた。

「これで現実を受け入れた?」

よく知った美しい女の声だ。心が波立ち、あわてて振り返る。本棚の後ろから女が歩み出た。

「嫣然! よかった」彼は思わず口にした。「もう会えないかと思った」

彼女は相変わらず身体にぴったりした灰色の長いスカートをはき、長い髪を両脇に垂らしていた。彼女はゆっくりと彼に向かってきた。

「ちょうどいいところに来た」彼はまた笑って言った。「ほら、このすべてがおれのものになった。足りないのはきみがおれのそばに残ってくれることだけだ」

しかし彼女は問いかけ続けた。「もう自分が死んでいるとわかったかしら?」

彼の顔はくもった。その言葉は口にしたくない。

「ほら、こっちに座って」彼は言って、隣に場所を空けた。しかし彼女はテーブルから一メートルも離れた場所に立ったまま、近づいてこなかった。

「まあわかったかな」彼は答えるしかなく、自分の気持ちを確かめるように言った。「でもそうとも言えない。死ぬというのは本当に受け入れられないけど、この世界は確かにきみが言ったとおりみたいだな」

彼女は軽くうなずいた。「みんな同じプロセスをたどるのよ」

「何のプロセスだって？」

「忘却のプロセス」

「わかった、わかったよ。きみの言うとおりということにしておこう、おれは死んだんだ」彼はそう言いながら自分でも奇妙な感じがした。「ならどうしておれはまだ動いていて、感覚もあるんだ？」

「肉体の死は簡単でも、感覚はすぐには消えないの。すべての思考方式が、まだまだ長く続く。肉体の送る信号から脱けだしてしまったとしても、想像によってずっと延長できる」

「これは全部おれの想像なのか？」

彼女はそっとうなずいた。「死後の想像よ」彼女は言った。「慣性に従って、生活の中の真実の欲望と潜在意識を合わせて作りだした世界」

「おれがもう死んでいるのは確かなのか、昏睡状態じゃなく？」

「確かよ」

「でも」彼は立ちあがって彼女を招き寄せたかったが、そうせずに言った。「もしもう死んでいるなら、このすべては誰の想像なんだ？」

彼女はうなずいたが、それは褒めているらしかった。

「いい質問だわ」彼女は言った。

彼は何も言わなかった。彼女はゆっくりと部屋の中を数歩進み、手をカウンターの表面に滑らせた。

「相《かたち》は心から生まれる」彼女は言った。「夢は心から生まれるものだと言われているけれど、それ以上の説明はされていない。実際は、目覚めているときに目にするすべても心から生まれたもので、死後の世界も同じなのよ。あなたが目にするもの、感じるものはすべて、心の奥底の誰も知らない海から生まれている」彼女はカウンターを挟み、彼の眼を見ながら、「これについては、あなたの方がわたしよりよくわかっているはず」

彼はやはり何も言わなかった。部屋には彼を緊張させる雰囲気があった。四方の床がまた一周、革のソファーごと崩落し、部屋に残ったものはほとんどカウンターと本棚の周りのわずかな面積だけとなった。

彼女はまた目を伏せた。「誰が考えているのかというのは、良い質問だわ。はっきり説明できるかどうかわからないけど」

彼女はいったん口をつぐみ、言葉を選んでいるようだった。「エネルギー空間という言葉があるわ。聞いたことあるかしら。知っての通り、生命にはエネルギーがあるけれど、時間の中ではただの薄い切片で、厚みがないの。それに相対するのが時間空間で、生命は時間の尺度では厚みを持って、時間を越えることができるけれど、エネルギー空間では厚みがない。それは完全に対応する関係を持っていて、互いに転換可能なの」彼女はそこまで言って言葉を切った。「そのふたつの空間が、わたしたちの言う生と死というわけ」

彼は彼女の話をすべて理解することができたわけではなかったが、最後のひとことが耳に入り、衝撃を受けた。何と言ったらよいかわからなかった。こんな解釈は彼の認知の範囲を超えている。「ああ」彼は言った。「きみは、人間は死なないと言っているのか？」

彼女はしばらく押し黙った。彼の使った言葉に動かされたように、まなざしは部屋の隅に流れた。何かを考えているようだった。彼女は何気なく彼のデスクに置かれた金色の馬を手に取ると、手のひらで重さを量るようにして、ややあって顔を上げて彼を見ると、うなずいた。

「そう、そういう言い方をしてもいいわ。生命はずっと続いていると」彼女は言った。「ある空間でその方式に従って展開したものが、もうひとつの空間に入るの。また戻ってきて、また出て行く。何度も繰り返せる」

彼は唾を飲みこんだ。「輪廻のことか？」

彼女は優しくうなずいた。「そうよ。毎回の転生と死、回帰と展開は、果てしなく繰り返される」

彼が呆然としているのを見て、彼女はそっと微笑んで続けた。「信じないかもしれないし、ありえないと思うかも。でも、どうして仏教では転生を説くのかしら？　どうしてヒンドゥー教では、人間は永遠の神の光を通す窓なのかしら？　どうしてプラトンは学習とは想起だと言ったのかしら？　そしてどうして人工知能はずっと成功に至らないのかしら？」

彼は首を横に振った。

「生まれて来る人ひとりひとりが永遠の存在の一度の転換で、現世はただ肉体と結合するだけだからよ。前世の記憶は消されるけれど、その運用方法は残っているの。幼児の学習はただそれを呼び覚ますだけ。だから人工知能はこの上なく単純なことが学習できないの」

聞いたところあまりに深遠だった。彼は頭がくらくらとしてきた。実際のところ、彼女の言葉は心をさほど波立たせはしなかった。彼は彼女がわざと難しい理屈を振り回しているようにさえ感じられた。現在の様々な事象を考えると、彼女の言葉は真実のようだったが、それでも聞きたくなかった。哲学的すぎることは彼は元来好きではない。本能的にエネルギー空間という言葉に嫌悪を感じた。嫣然を見つめ、彼女の言葉に沿って考えてみようとしたが、できなかった。

彼はただ自分がまだそこにいて、この上なく快適な高い背もたれの玉座のようなソファーに座っていることだけを知っている。それで十分だ。

高い空の風がざわざわと彼の足下を吹き抜け、カウンターの上の紙が一枚ずつ消えていった。「きみの言葉は深すぎてわからない」彼は正直に言い、彼女に向かって手を伸ばした。「どっちにしてもおれはこの世界で問題なく生きている、そうだろう？　これも悪くない。ほら、」彼は自分の椅子を叩いて言った。「嫣然、何か他のことを話そうよ」

嫣然はじっとしたままだった。「今の状態が気にいっているのね」

「ああ、すごくいい。このすべてを見てくれよ、いいだろう？」

「それで、現世には帰りたくないのね？」

「帰る？　どうして帰らなきゃいけないんだ？」

笑いながら嫣然を見た。部屋の中央に立っている彼女の姿は可憐で、近づきたかったが、今回は、心の底で何かが彼を阻止し、ソファーに座ったまま身じろぎしなかった。

彼の背後で、部屋の最後の隅のガラスが砕けた。部屋にはただ床だけが残った。強風が渦巻く。

彼はあたりを指さした。「ここにいてうまくやってる。これはおれの世界で、楽しんでる。どうしてあっちの世界に戻らなきゃならないんだ」

彼女は彼を見つめていたが、その表情は舞いあがった髪の毛に隠れていた。「でもほとんどの人が帰っていくわ」彼女は言った。

「どうしてだ?」

「それぞれに理由があるのよ」

「でもきみはここにいるんだろう?」

「そう」彼女はうなずいた。

「だったら」彼は笑った。「きみと一緒に残るよ、ふたりでこの何でも思いのままになる世界で暮らすのは、悪くないだろう?」

彼女は笑わず、腹も立てず、代わりに首を振って言った。「それが本心じゃないわね」

彼は今こそ立ちあがって彼女の前に行き、甘い言葉をかけるべきだと思った。そうしなければ信じてもらえない。でも立ちあがることができなかった。何かよくわからない力が彼を椅子に抑えつけている。彼女の言葉は彼に力を及ぼしているようで、彼は心の奥深く隠れた片隅の存在を感じたが、それ以上考えたくなかった。

「おれは……」彼は言った。

彼の言葉がまだ終わらないうちに、足下から地響きが伝わってきた。地面が揺れ、椅子に座っているとジェットコースターに乗っているようだった。続いて目の前のデスクが揺れ動き、上に乗った物が滑り、彼自身も椅子の中で左右に揺すぶられはじめた。床のふちはすでに落ちこんでいて、亀裂が次第に部屋の中央へと走り、砕けた床は破片となって落ちてゆき、次第に中心へと近づいてきた。

嫣然はその場に、身じろぎひとつせず立ったままだった。強風の中、彼女は一本の草のようだ。電光石火の瞬間、彼は自分が墜落してゆくのを感じた。床、デスク、ソファーと一緒に、底なしの深淵へと墜落する。広々とした空、果てしない灰色と身の回りにのしかかる雲を目にし、はるかな都市の廃墟を目にした。都市の高層ビルはひとつずつ倒壊し、大地は一面の瓦礫だった。彼のいるビルは最後の一棟で、全世界の中心にも等しかった。鉄筋コンクリートは地面で砕けて鋭い棘となり、石の裂け目からは雑草が伸びる。彼は墜落し、風は足下で呼吸していた。

天地が変化し、地面に近づくに従って、周囲の景色も変化しているのを目にした。都市の高層ビルの痕跡は薄れ、ますますかすかに、周囲の鋭い線が曖昧になり、曖昧で粗い岩石のようになった。都市は巨石の隊列と原始人の洞窟に変じ、直線的な幾何学模様がレゴブロックのように重なって連なっていた。灰色、あいかわらず限りない灰色だ。新しい建築にはまだ装飾が施されない正方形の窓だけがあり、ラフで、シンプルで、太古の荒廃した空気をまとっている。

彼は地面に墜落した。山あいの谷のようで、洞窟の奥のようでもある。

四方を見回すと、視線の行き着くところの岩石だか壁だかに、細く水が一滴ずつ流れ落ちている。彼は地面に倒れこんだ。身体の下は砂のような土壌だった。そばには石の隙間から青草が生えて、変わらずしたたるような緑だ。

彼はやや眩暈を感じ、かなり経ってようやく落ち着きを取り戻した。四方を見回すと、遠くの洞窟の入口に小恵の姿が見えたようだった。小恵の表情は悲しげで、やはりあの赤いスカートをはいて、手で裾をつかんでいる。彼の胸はまた痛んだ。立ちあがろうとしたが、手足が痛んでとっさに力が入らなかった。もう一度目をやったときには、小恵の姿はもう消えていた。彼はやっとのことで身体を起こし、座りこむと、こめかみを揉んだ。

かなり経ってから彼は気づいた。嫣然も近くにいて、流れのそばの岩に腰かけている。

洞穴の中の光はごくかすかで、ほの暗い中、嫣然はいっそう美しかった。静かに座る彼女の横顔に光が当たり、柔らかな光が鼻の繊細な線をふちどっている。しかしなぜか、彼は急に彼女がどうも嫣然には似ていないような気がした。

「思うんだけど」彼女は口を切った。「まだしばらく人間界に戻りたくないのでしょう。じゃあわたしはもう行くわ、あなたの心が決まったらまた来るから」

その声は洞窟に反響して虚ろに聞こえた。彼女は身を起こし、洞窟の奥へと歩いていった。

「待て、行かないでくれ」彼は立ちあがった。

彼女は立ちどまり、振り返った。「まだ何か？」

「まだ聞きたいことが。ええと……」実は彼女を引きとめたかったのだ。ひとりで洞窟に残るのは、孤独で恐ろしかった。しかしどういうわけか、口には出せず、初めて彼女に会ったときのあの衝動は失われたようだった。そこで彼はただ口実を探して言った。「まだ聞きたいんだ、この世界はずっと今みたいに続くのか？」

「いいえ」彼女は言った。「記憶はだんだん薄れて、過去のモデルはだんだんと消え、新しい状態に慣れるでしょう」

「どんな状態に？」

「時間の中で遊泳する状態に。あなたは物質世界では重量とエネルギーを持たないけれど、時間の尺度では広がり、時間を越えられるの」

「それは想像できないな」彼は言った。

「ゆっくりすべてを手放せば、感じられるようになるわ。その過程はいくらか混乱したものでしょうけれど、最後には時間の中で落ち着けるはず」彼女はこれらの言葉を特にゆったりと、彼方から響いてくるように口にし、淡々と何ら感情を交えなかった。彼は突然気づいた。初めて彼女に会ったときのなまめかしさと仕草のそそる風情は消え、超然とした静けさがそれに代わっていた。彼自身が変わったのか、それとも彼女が変わったのだろうか。

彼女は数歩進んで、少し考え、また戻ってくると、ひとこと付け加えた。「だけど、それまで待てないはず。あなたがもう一度現世に戻りたくなったら、また来るわ」

彼は訝しんだ。「どうしてそう言うんだ?」

「あなたの現世の縁は尽きていないから」

彼女は言い終えるや、またきびすを返して洞窟の奥に向かっていった。灰色のロングスカートの裾が地面にこすれたが、泥に汚れはしない。

「待ってくれ!」彼はまた呼びかけた。彼女は振り向いた。

「それじゃきみはどうして帰らないんだ?」

「単純なことよ、単純すぎて何のめずらしいこともないわ。本当に聞きたい?」彼女は笑って言った。「本当はほんのちょっとしたことよ。ある年の正月、家の中から爆竹を見ていた。外はにぎやかで中は静かだった。そのうちにある瞬間、突然悟ったの、現世の縁はもう尽きたって」

「これは……どうやってわかったんだ?」

「このときが来れば、あなたにもわかる」

「これじゃどうしておれの縁がまだ尽きていないと?」彼は尋ねた。

彼女は遠くからにっこり笑ったが、初めてその笑みは愁いを帯びていた。「わざと避けようとしている記憶があるわね」彼女は言った。「心の中に行きたくない場所があるでしょう」

言い終えると、彼女は立ち去り、洞窟の奥の見えない片隅に向かった。しなやかな姿が次第に消えていった。どういうわけか、彼には強烈に感じられた。彼女に会うのはこれが最後だろう。胸の中にうずくものがあった。

彼は地面に座りこみ、何の気なしに幾つか小石をつかむと、手のなかで転がし、胸の言い知れぬむずくりとする痛みを味わった。

帰るか、帰らないか。

人はどうしてあの世界に帰らなきゃならないんだ。

あの苦しみに満ちた世界に。

もう一度振り向くと、入口に再び小恵の姿が見えた。胸の痛みが広がり全身を包んだ。その痛みの源を突きとめることはできなかった。彼は小恵に近づいたが、小恵はその場で震えていた。外から明るい月光が彼女に振り注ぎ、その顔をかすかに照らしていた。彼女の表情は悲しげで、何か言いたいことがあるようだ。近くまで来てようやく、そのスカートが元から赤かったのではなく、血に染まっているのだと気づいた。

彼はぎょっとして、駆け寄ろうとしたが、小恵は身を翻して駆けだしてしまった。追いかけたが、また彼女は姿を消した。

洞窟の外に出ると、荒野が広がっていた。建物もなく、樹木もなく、街灯と人影もない。自分の心の中にどうしてまだこんな場所があるのだろう。彼はある方向に走りながらも、自分が何に遭遇するかはかりかねた。小恵に会いたいと思ったが、胸騒ぎがして、何かが起こりそうな、あるいはすでに起こってしまったような気がした。

走り続けるうちに、闇をくぐりぬけた。どこまでも続く夜の闇が四方八方からのしかかってくるようだった。

彼は湖水のほとりにやってきた。水辺には築山と岩があり、柳と灌木があり、木のベンチとそこに涼む学生の姿があった。風が急に静まり、彼の心も落ちついてきて、ある種の特別な幸福感と満足感でいっぱいになった。彼は走るのをやめ、ゆっくりと歩きはじめたが、歩いているうちに、小恵が突然脇の小径から駆けだしてきて、彼の腕をつかんだ。

「おかえりなさい」小恵が言った。

「小恵」彼はうれしくなった。「どこに行ってたんだ？　焦ったじゃないか」

小恵はベージュのワンピースを着て、二本の野暮ったいお下げを垂らし、彼の手をとってそっと振った。「なんか今日はやな感じ」彼女は言った。「本当にやなんだけど」

「おれが何かしたか？」どういうわけか彼は笑いたくなった。「何もしてないだろ」

「よく言うわ」彼女は彼をつねった。「ひどいじゃない」

「さっきはどこに行ってたんだ？　びっくりしただろ」彼は言った。

小恵は突然何かを見つけ、彼の手を放して駆けだすと、振り返って言った。「西瓜が食べたいな！　こっちこっち！」

彼女は左側の分かれ道に向かって駆けて行った。彼もその足取りに合わせた。

しかし築山をひとつ回ると、また彼女の姿は見えなくなった。

彼はなおも追ったが、自分でも無駄だとわかっていた。これまで毎回そうだったように、彼女が消えてしまったらもう見つからないのだ。それでも彼は走りたかった。胸の中の不安がますます強まり、ほとんど不安の源に触れられそうになったのに、それでもまだ目にすることはできない。背後の影のように、すぐ近くにあって、後ろにくっついているのに、自分では見ることができず、逃げようにもどうしても逃げられない。彼は走ることでその不安を覆い、もっと深い負の感情と痛み、恐れまたは悔恨を覆い隠さなければならなかった。

彼はふと立ち止まった。ある通りに出ていた。どこなのか思いだせないが、あたりに点った小さな灯りには親しみがある。通りには一軒また一軒と小さな店が並び、夜の中にきらきらと輝いている。ショーウィンドウには裾の長いウェディングドレスが飾られ、床まで届く白いレースと羽根で飾られた裾に、マネキンのしなやかな身体が魅惑的なポーズを取っていた。隣は結婚写真のスタジオで、ウィンドウには半ば開いたアルバムが飾られ、雪のように白いビーチに青い空と海、海水は透明で底が見えるほどで、花嫁の笑顔は谷に降りそそぐ陽光のようだった。その隣は生活雑貨の店で、コーヒーカップとキャンドル立てが棚に並び、子ぶたの絵のついたエプロンが目立つところにかかり、小鳥の看板に welcome とあった。

彼が行こうとしたとき、後ろで彼を呼ぶ声がした。振り向くと、小恵が腰をかがめてショーウィンドウを覗きこんでいた。

「ほらこれ」彼女は言った。「これかわいくない？」

近づいて見ると、手のひらほどの小さな目玉焼き用のフライパンだったが、底がハート型になっていてハートの卵が焼けるのだった。小恵は額をガラスに押しつけて、熱心に指さしている。着ている花柄のブラウスは、年寄りくさくて彼の好みではなかったが、このブラウスはお腹が目立たないと彼女が言っていたのが記憶にあった。

彼女に賛成したかったが、口ではわざと皮肉っぽく言った。「そんなもの買ってどうするんだ」

「かわいいじゃない」彼女は言った。「将来朝ご飯にハートの卵を焼いてあげるから」

「いくらだ？」

「七八元、高くもないでしょ」

「なんだって？　これで高くないだって、むだ使いもいいとこだ。ほら行くぞ、目玉焼きなんか好きじゃないしさ」彼は小恵を引っ張って行った。

「ちょっと待ってよ」小恵はなおあきらめきれず、「入ってみようよ」

彼は頭では入ろうと思ったが、両足は地面から離れなかった。「家もないのに、そんなもの、すぐには使い道がないだろう。見てどうするんだよ」どうしてそんなふうに言ったのか自分でもわからなかった。

「家がほしくないの？」小恵は階段に立って、がっかりしたように、「見るくらいいいじゃない」

彼女は向きを変えてドアを開けると、暖かな灯りの点った店に入った。その後ろ姿を見ながら、悲しい気持ちになった。また彼女を失おうとしているのだ。やはり、彼が後を追って店に入ると、彼女はもう姿を消していて、中にはただ店員が忙しそうにしていた。

彼は通りに戻った。頭が痛み始めたが、理由はわからなかった。自分が何を探しているのか、どこを探すべきなのかわからなかったが、それを探さねばならないということはわかっていた。彼は額を揉みながら、通りに座りこんだ。内心の失望が少しずつ絶望へと変わっていった。

彼はまた顔を上げ、突然小恵が通りの真ん中に立っているのに気づいた。

小恵は全身血まみれで、道路の真ん中に立っていた。すぐ両側を車が走り抜けてゆく。彼女は身じろぎひとつせずに立ちつくし、身につけている服は裂け、あらわになった部分の皮膚も血にまみれていた。身体からは血が流れているのに、表情は穏やかだ。

彼はそちらへ進んだが、行き来する車が彼の歩みを遮った。

「情は起こる所を知らざるも、ひとたび往《ゆ》きて深し」〔明・湯顕祖「牡丹亭題詞」〕彼女は静かに言った。

彼の内心の絶望感は極点に達した。彼女はまさにいちばん危険な場所にいるのだ。救いだそう、どうしようもなくてもやってみようと思った。彼は狙いを定め、こちらの車がやや少なくなった瞬間、道を横切って彼女の方に駆けていった。彼女は静かにその場に立ったまま身じろぎせず、車の起こした風が破れた服をなぶっていた。

彼は車が蛇行しながら彼女に激しく突っこんで来るのを見て、あわてふためき、胸が焼かれるように、危ないと叫びながら飛びかかり、彼女を突き飛ばそうとした。全力で跳びあがり、空中で彼女を抱きとめ、安全な場所につれていこうとした。しかし一台は避けたものの、二台目は避けきれず、ふたりは後ろから来た車に高くはねとばされ、転がりながら地面に叩きつけられた。彼は小恵を抱きしめたまま意識を失った。

目覚めたとき、まだ小恵を抱いたままで、小恵は彼の身体の下で目を閉じて、唇を嚙んでいた。

「痛い、痛い」小恵が言った。

「すごく痛いか？」彼は尋ねた。

小恵の鼻には汗の粒が浮かび、手は枕カバーをつかみ、目を半ばつぶって、眉をかすかに寄せ、小さく震えていた。

とても痛いのだとわかったが、しばらくすると彼女は言った。「大丈夫、そんなに痛くない」

彼女を抱きしめ、首筋にキスしたが、なぜかその身体はとても冷たく感じられた。

急に泣きたくなったが、泣けなかった。彼女がやめてという様子は覚えているのに、いいよという様子はどうしても思いだせなかった。

彼女の腕の中で、彼はまたほとんど深い眠りにも似た闇に陥った。闇の中には何もなく、血だるまになった彼女が通りの真ん中に佇む姿とあの言葉だけがあった。

情は起こる所を知らざるも、ひとたび往きて深し。

再び目覚めたとき、社員寮のベッドにいた。就職して最初の二年間、彼はずっとそこに住んでいた。相部屋の同僚はオンラインゲーム『DotA』に専念しており、眼鏡がほとんどモニターにくっつきそうだった。彼は寝癖のついた髪をいじった。

「小恵を見なかったか？」彼は尋ねた。

「うん、洗濯室にいたぞ」同僚は忙しく、顔も向けずに答えた。

「おれは長いこと寝てたのか？」彼は尋ねた。

「ああ」同僚はぼそぼそと呟いた。「お前はついてるよな、洗濯してくれる彼女がいてさ」

彼は内心とても幸福だったが、なぜだかこう答えた。「ばーか、じゃなきゃ彼女を作る意味ねえし」

彼は眠気の覚めないままベッドを下り、洗濯室に小恵を探しに行こうとした。しかし寝過ぎたせいか、足取りはふわふわとして、頭はぼんやりしていた。部屋を出ると、薄暗い廊下を通って洗濯室に歩いて行った。

廊下は長く、どれだけ歩いても洗濯室にたどり着けなかった。廊下を進んでも、突き当たりのかすかな光のほか、まったく光は見えないようだった。通り過ぎる部屋はすべて鍵がかかってい て、彼に向かって開かれた扉はひとつもなかった。

彼は洗濯室を見つけられなかった。だが廊下の突き当たりにはたどり着き、そこには食堂があった。

食堂の扉を開くと、普通の小さなテーブルのすみで、小恵が彼に手を振っていた。

そこに行って椅子を引き、腰を下ろし、テーブルの上の青白い皿と尖ったナイフとフォークを見た。フォークは彼の胸に突き刺さるようだった。彼は長く深呼吸して、顔を上げるとグラスの赤ワインを飲み干した。

「母が今度あなたに会いに来たら」小恵は言った。「たぶん結納の話をすると思う。地元のならわしで、田舎だと周りと比べたがるから、母は十万元じゃなきゃだめって言うの。でも大丈夫、まず承知しておいて、あとで方法を考えてもいいから」

「今その話をしないとだめなのか？」彼は自分の声が尋ねるのを聞いた。

「いずれ考えなきゃいけないことだから、先に準備しておく方がいいでしょ」

「だってまだ早いだろう」その声には苛立ちがあった。

彼は話しながら、同級生の大Nにメッセージを送り、嫣然の携帯の番号を聞いた。

「どういう意味？」小恵は不満げだった。「何してるの？」

「何でもないよ」彼はあわてて携帯の画面を消すと、ポケットに突っこんだ。

小恵はまだ何か話していたが、彼の耳に入ることはなく、また絶望的な感覚が芽生えた。テーブルの自分が何をしているのか、それがどの自分なのかさえわからなかった。

彼は仕方なく一杯ずつグラスを干した。酔いつぶれて、テーブルに伏せた。

再び目を覚ましたとき、テーブルはざらざらした巨石に変わっており、テーブルの向かいにはもう誰もいなかった。頭はひどく痛み、霧の中にいるようにめまいがする。もがきながら立ちあがったが、足下はふらついていた。ふた足ほど前に踏みだしてみると、壁際に水が流れている。急いで近寄るとすくって飲み、酒のもたらす渇きを癒した。このとき、ふと気づいた。最初の山の洞窟に戻っている。

怪訝に思いつつ立ちあがり、辺りを見回したが、ここから一度も出ていないようだった。激しく動悸がし、どうしようもない胸騒ぎに襲われた。自分がこれから何かを目にしなければならないことがもう感じられるようだった。

彼はふと振り向き、洞窟の入口を見た。

小恵は相変わらず血に赤く染まったスカートをはいて、悲しげな面持ちだった。彼は彼女の方へと歩いて行った。彼女はゆっくりと破れたスカートを引き裂き、下着と血でぐちゃぐちゃになった腹部をあらわにした。彼は身震いし、それ以上見る勇気すらなかった。

彼女は不意に微笑みを浮かべた。

彼は歩み寄り、抱きしめようとしたが、できなかった。自分の臆病さを蔑んだが、それでも彼女の身体を直視する勇気がなかった。彼女は血だるまになって彼の前にいて、服は腕に引っかかり、胸に開いた巨大な傷口から、内臓が空気にさらされていた。彼女の目には涙が溜まっていたが、流れ落ちはせず、口もとには笑みが浮かんでいる。寂しげな無理に作りだされた笑みだ。その顔は少し歪んでいたが、悲しい笑みによって歪められたものだった。しかし彼は彼女が美しいと思った。彼女は痛みを感じないらしく、ただ驚いたように立ちすくみ、彼の眼を見つめていた。彼女は自分の腹に手を突っこんだ。その瞬間、心臓を取りだすのかと思ったが、そうではなく、彼女が取りだしたのは血まみれの欠片だった。それはすでに壊れてしまった心臓で、彼女の手のひらをつたって血が流れ落ちた。

彼は恐怖と苦痛で吐きそうになったが、それでも内心の衝動につき動かされ、彼女に向かって進み続けた。

そしてついにあの事故の経緯を思いだした。

あのとき彼女は彼の膝に顔を埋めていた。いやがったのに、彼が説きふせたのだった。それで、彼は運転に上の空で、赤信号を突っ切った。マセラティが彼の車に衝突したとき、彼女は衝撃で身体を起こし、本能的に窓の外を見たので、砕けたガラスとガードレールが鋭角にまず彼女の胸に刺さったのだった。

彼女は手を胸の中から抜きだすと、ゆっくりと倒れた。彼は歩みよって抱きとめ、呼びかけたが、彼女は何も反応せず、彼の胸の中でしだいに冷たくこわばっていった。その身体を抱きしめると、涙が彼女の首をつたって開いた胸元に流れた。彼女は彼の胸の中で次第に小さくなり、か弱く曖昧になり、空気のように軽くなり、最後にはゆっくりと消えてしまった。彼は空気を抱いたまま、声にならないほど泣いた。

彼女を呼び続けたが、洞窟の内外には何の物音もしなかった。

遠くの岩肌には水流がまだ滴っていて、一滴、また一滴と、闇の中に叩きつける音がした。

そのとき、転換が起こった。周囲のすべてが消え、洞窟が消え、地面が消え、光も消えた。彼は全身が浮きあがるのを感じた。自分の腕がぼんやりとかすみ、端と周囲の闇がひとつに融合したのを目にした。彼の身体は透明になり、軽くなった。周囲のすべて、宇宙、そしてかなたの星々が感じられた。それから、星々も消えた。辺りにはもう何ひとつ残らなかった。

そして突然目にした。自分の姿を、あらゆる時間の自分の姿を。柔らかな髪の毛の子供の姿から、竹竿のように痩せた少年、頭のてっぺんが薄くなりはじめ腹には贅肉のついた今の姿まで。彼は一千の、さらには一万もの自分の姿を、同時に目にした。はるかな大地に同時に一千個の石を目にするように。彼は時間を目にし、歳月の痕跡を目にした。

どれだけの時間が過ぎたろうか、光が目の前に現れ、彼は灰色のスカートの裾が闇の中に形を成すのを目にした。

彼は上を仰ぎ見ていた。たおやかな姿が純白の光とともに天から降りてくる。彼女の輪郭は曖昧で、四方の限りない闇の中に溶けこんでいたが、体つきと顔ははっきりしていた。彼女の白い手は彼に向かって挙がり、力を伝えた。彼は正面から彼女の顔に向きあった。驚いたことに、それは嫣然の顔ではなかった。

彼は目を閉じ、それからむやみに瞬きをした。涙が視線を遮っているのではないことを確かめてから、またきちんと彼女を見た。灰色のロングスカートは同じだったし、長い髪も変わっていなかったが、その容貌は前に二度会ったときとはまったく異なっていた。彼女の顔は嫣然ではなく、美しくはあったが、嫣然とはまったく異なるタイプだった。その目は切れ長で澄んでおり、化粧っ気はなく、顔立ちはすっきりとして、嫣然のようななまめかしさとはまったく別だった。

それは彼がこれまで見たことのない顔だった。

「……きみは嫣然じゃない」彼は言った。

「そうよ、最初から違ったわ」

「じゃあ今見ているのがきみなのか？」

「そうよ。心に思いこみがなければ、わたしの姿を見ることができるのよ」

「きみは誰だ？」

「悠然《ヨウラン》と呼べばいいわ。嫣然と少し似ているでしょう」

彼はうなずき、自分がすでに過去と訣別したことを悟った。いくぶん悲しい気分だった。

「今は胸が痛む？」彼女は尋ねた。

「痛むよ」

「小恵のことを知りたい？」

彼ははっとして目を見張った。「どこにいるんだ？　もう一度彼女に会わせてくれないか？」

「それはわたしには無理」彼女はため息をついた。「小恵は、あなたの五日前に死んだの」

「五日？」

「ええ。彼女の傷の方が重くて、病院に搬送される途中で死んでしまったけれど、あなたは救命処置のあと五日間昏睡していたから」

「それじゃ……彼女は今どこに？」

「ずっとあなたのことを気にしてた」悠然は言った。「この世界について説明してあげたけど聞こうともせず、あなたに会いたがってた」

彼は心が動くのを感じた。まだ感じる心があったのだ。

「向こうの世界にひたすら帰りたがってたわ」悠然は続けた。「だから見送ってあげた」

「見送ったって？」彼はうめいた。「それはつまり、……彼女は……」

「そう」悠然は頷いた。

彼の心は谷底に沈んだ。「向こうの世界に帰ったわ」「じゃあもう彼女には会えないのか？」

「そう。もしこの世界に留まるのなら、そういうことになるでしょう。この世界は寂しいものよ、自分の記憶を除けば、ほとんどなつかしい人には会えない」

「じゃあこれまで見たものは……」

「全部あなた自身の一部よ。お互いに交流はなかったでしょう？　この世界には長く留まっている亡魂はふたつだけで、そのふたりとしか交流できないの」

「きみと雑貨屋の店主か？」

「そう。バーネットさんは、奥さんが死ぬのを待っていて、それから一緒に転生するの。酒浸りで自分たちの店をめちゃくちゃにしたので、負い目を感じているのよ」

彼は長いため息をついた。「おれも小恵に負い目がある」

「知ってるわ」彼女は言った。「最初からあなたは彼女のことを考えるのを避けていた。人は貸しがあるものについては考えるけれど、自分の負い目については考えないようにするの」

「これじゃおれはどうすればいいんだ?」

「自分に聞いてごらんなさい」彼女は言った。「向こうの世界に帰りたいなら、送ってあげる」

彼は急に気づいた。彼女の目にはかすかに別れの悲しみが漂っている。そこで悟った。彼女はずっとすべてを知っていたのだと。

「だからおれは現世の縁がまだ尽きていないと言ったのか?」

「九九パーセントの人は何らかの縁が尽きていないわ」

彼は手で顔を覆った。「彼女を愛しているとは思わなかったんだ」

異様な疲労を感じた。疲れすぎて、自分が何を選べばよいのかわからなかった。彼女は彼に手を伸ばし、感じないほど柔らかな手で肩を叩いた。悔恨が彼を取り巻き、未来に対する選択ができなかった。もう一度現世に戻ることに少し脅えていた。しかし永遠に孤独と悔恨の内に取り残されることはもっと恐ろしかった。初めてこれほどまでに無力だと感じた。

「情は起こる所を知らざるも、ひとたび往きて深し」彼女はそっと唱えた。

彼はぎょっとした。「どうして知ってるんだ?」

悠然はひとりごとのように唱えた。「生ける者も以て死すべく、死せるも以て生くべし。生くるに与《とも》に死すべからず、死して復た生くべからざる者は、皆情の至りにあらざるなり」〔湯顕祖『牡丹亭還魂記』題記〕

彼は悟るところがあるように思ったが、何もわからないようでもあった。

「じゃあおれはどうすれば?」彼は尋ねた。

彼女は手を後ろに戻し、すでに準備してあった一杯の茶を取り、彼に渡した。

「このお茶を飲んで、全宇宙を感じなさい。新しく形成される胚を見つけて、たやすく結合できるでしょう」

彼はとまどいながら見た。「これは何の茶だ?」

「忘却の茶」彼女は言った。「新たな生に適応するためよ。前世の記憶を留めたまま嬰児の体内に入ったら混乱を生むから」

彼はその茶を受け取り、あお向いて、ひと息に飲み干した。茶はかすかな香りを放っていた。まだ多くの不安はあるが、こうすべきだとわかっていた。さもなければ永遠の生を手に入れたところで、心の平和は得られない。

「小恵とふたりとも転生したら、彼女だとわかるのか?」

悠然は首を横に振った。「それは保証の限りではないわ。縁と運命しだいね」

悠然はため息をついた。彼にはこれが彼女との永遠の別れになるとわかった。

「ひとりひとりを送りだしているのか?」彼はぼそぼそと尋ねた。「きみはこの世界にどれくらいいるんだ?」

「短いかもしれないし、長いかもしれない。時間はわたしにとっては意味がない。いつでも六百年前と六百年後に現れることができるから」

「ありがとう」

身体から力が抜け、しだいに眠くなり、ただひたすら眠りに就いて、睡眠の甘い空間に沈みこみたかった。彼はゆっくりと身体を彼女にもたせた。半分目を開き、この世界をもうひと目見て、できるだけこの記憶を次の生に持っていきたいと願った。

「このお茶はエネルギーを凝集させる場なの」悠然は出し抜けに言った。「わたしの姓は孟。わたしのお茶は孟婆湯と呼ばれているわ」

彼は徹底的に眠りの暗がりに沈みこんだ。光の輪の通路に、彼は新たな生命を育む子宮を見いだした。

山奥の療養院

韓知《ハン・ジー》は道に迷っていることに気づかずにいる。

ゆっくりと歩みを進めるばかりで、もう空が暗くなり、急に冷えこんだばかりか、周囲に人っ子ひとり見えなくなったことも気にかけていない。ひとり山を散策し、ぞろぞろ続いていた人通りがすっかり途絶えてからも、休まずに山林の奥へと足を進めている。このときすでに風景区のゲートは閉まり、家では家族が気を揉みはじめていたが、知る由もない。それどころか数時間後に、彼の外出が失踪として警察に届けられ、メディアの注目を集めることになるなどとは知りもしなかった。

韓知は歩きながら考えごとをしていた。もの思いに完全に沈んで、抜けだせずにいたせいで、ずっと考えていたのが何だったかは思いだせない。頭の中では過ぎ去ったごたごたが雲のように素早く流れてゆき、地上の明暗と陰影だけが残り、そして最後には何もなくなった。彼はそういうことを考えたかったわけではなく、むしろそれらに侵蝕されていたので、抵抗としてあえて忘れてしまいたかった。

頭には不意に妻の安純《アンチュン》の言葉が浮かんだ。

「明日の昼間は空いてる?」

「特に何もないけど、どうして?」

「哺乳瓶がなんだか漏れてるの、暇だったらあと二つ買ってきてよ。輸入物のピジョンのガラスのやつ、華聯《ホアリエン》〔大型小売店の名称〕に行けばあるから」安純は言いながらタンスを開け、韓知のシャツを何枚か出した。

そうだ、哺乳瓶をまだ買っていなかった。韓知はそう考えた。

安純はシャツを台に広げ、アイロンをかけながらできるだけ自然な声で言った。「そろそろベビーカーを買わないと。ブラック・フライデーのセールのうちに輸入代行を頼んでおこうと思って」

「いくらだ?」

「ピンキリあるけど……わたしが欲しいのは中くらいの……あちこちの評価でコストパフォーマンスも質も最高だって言われてるの、淘宝《タオバオ》〔中国最大のオンラインショッピングサイト〕じゃ五千元ちょっとで出てるんだけど、ブラック・フライデーのセールで、送料込みで四千元を切ってるから」

「ベビーカー一台に四千元?! 頭だいじょうぶか?」

「ベビーカーは他のものとは違うの、安全性と快適さが大事でしょう! 赤ちゃんが毎日乗るんだから、衝撃を吸収するようになってなきゃ、ガタガタ揺れて苦しいじゃない。それから軽さも大事でしょ。うちはこんなぼろ家で、手で持って階段を上り下りしなきゃいけないんだもん、軽くなきゃ持てないじゃない。それから材質だって……」

「だってベビーカーだろ」韓知は口を挟んだ。「どれくらい使えるものなんだ? 一年のうちに一、二回も使いやしないのに」

「使いやしないって?」安純は少し苛立った。「もう少し暖かくなったら、毎日お出かけさせなきゃ。この子を毎日ベッドに寝かせておけばそれで子育てになるとでも思ってるの？　赤ちゃんの脳の発達は早いんだから。専門家だって、常に新しい刺激を与えなきゃいけないって言ってるのよ。下に降りて外を見せなきゃ新しい刺激がないじゃない？　知能が発達する敏感な時期を逃しちゃったら、責任とってくれる？　これでも安いのよ、中庭でほかの人が押してるベビーカーを見ればいいわ、ストッケを使ってる家も二軒あるけど、あれは一万元以上するんだから」

そのとき、朋《ポン》ちゃんが向こうで泣きだし、安純は慌てて授乳しに行った。韓知はついて行こうかと迷ったが、考えてみれば、義母と安純のふたりで十分だし、自分まで行ったら邪魔になるだけだろう。そこで窓の外を眺めたが、窓に映った自分の姿は、無表情で、漆黒の夜の中に青白く、吸血鬼のようだった。

韓知はカーブした道を曲がった。ゆるやかな勾配の下り坂に続いて、急な上り階段が現れた。空がもう暗くなっているような気はしたが、この階段は何かの誘惑のようで、彼は無意識のうちに上りはじめ、方向については考えなかった。小さいころから、方向について悩まなくてよい、困難を克服してまっすぐ進めばよいような道がいちばん好きだった。

「なあ韓知」昼食のときに義父は何やら腹を割って話そうというように、自分から酌をしてくれた。韓知は午後から出勤しなければならないと言ったが、義父は自分から杯を持ちあげた。「うちのやつが揃って家を空けるのはずいぶん久しぶりじゃないか。静かなうちに、めったにない機会だから話をしよう」

韓知もしかたなく自分の杯を持ちあげ、ひと息に飲み干した。千切りの生姜を加えて燗をした黄酒で、香り高いが鼻につんときて、彼はあわてて目を閉じた。

「なあ韓知」義父はまた彼に酌をして、「安純とつきあい始めた頃から数えてもう二年になるだろう？　最初に紹介されたときは、俺も母さんもうまくいくとは思わなかったんだが、どういうわけか安純が気にいってしまってな。それならそれでいい、娘が選んだことならサポートしよう。母さんに言ったんだ、あの韓知は悪くない、賢いし誠実だし、うちの娘をつらい目にあわせることはないだろう。そんなに豊かな家の出身じゃないが、今の世の中じゃ努力が肝心だ、これから頑張ればそれでいい」彼はひと口に杯の酒をあおると、舌なめずりをし、「おれの信念はずっとこうだ、男に何より大切なのは向上心で、一家を支えられなきゃならない」

「おっしゃるとおりです」韓知も自分の酒をあおった。

「今回の家を買うって話だがね」義父は言った。「安純は買うつもりになっている。おれと母さんもそろそろ買うころだと思う。頭金が足りないなら、出してやるよ。多くは無理だが、百万元なら出せる。残りのローンは君たちふたりで返せばいい……もちろん、負担に感じる必要はない、この金はあげるんじゃなくて貸すんだからな。これから出世したら返してくれればそれでいい。焦ることはない、おれたちもすぐに金が必要なわけじゃないから」

「お父さん、その話はまたゆっくり相談させてください、まだローンの返済は苦しいので」韓知は乾いた声で言った。

「プレッシャーかけなきゃエンジンもかからんだろう！」義父に低い声で一喝され、韓知はぎょっとなった。「いい大人なんだ、男らしくしろ、金がないならもうけることを考えろよ……」

安純が不意にドアを押して入ってきた。胸には粽《ちまき》のようにくるまれた朋ちゃんを抱いている。午後の会話はぷつりと切断された。

韓知は家を出ると、そのまま郊外に行く長距離バスに乗り、四十分後には風景区の入口に来ていた。そよ風で頭を冷やすと、脂汗が引いて、ぶるっと震えが走り、酔いも半分かた醒めた。しかし残りの半分は何としても醒めようとせず、よろよろ、ゆらゆら、ふわふわしていた。酒は人を酔わさず、人が自ら酔うというやつだ。入場券を買って山に入ったときには、日はもう西に傾いていた。

韓知は三十二歳だが、博士号を取得してから海外で二年間ポストドクターをつとめた後、三十歳で帰国し、順調に職を得ていた。北京の中堅大学で、トップクラスでこそなかったが、ランキングでは上位に入っている。近年は大学への就職は競争が激しく、帰国後すぐに北京で教職につけたのは、彼にとっては十分悪くない成果だといえた。家ではすぐに紹介を頼み、ふたりの女性と見合いをした後にすぐ縁談がまとまり、三、四ヶ月後には結婚した。

新しい仕事、新しい家庭、加えてそれからやってきた赤ちゃんと、人生のあらゆるめでたいことがいちどきに押し寄せてきたようで、彼は次々にのしかかる出来事の対応に暇がなく、ずっとてんてこまいで走り続け、大勢の人に取り囲まれ、早く早くと急かされていた。ひとつかたづけるとまた次がやってくる。今の件をまだよくつかめないうちに、次の件がもう眼の前に来ているという具合で、現実味に欠けていた。ときには夜中に目が覚め、隣のベビーベッドに寝ている子供が目に入ると、家を間違えてしまったのではないかという恐怖に襲われた。

韓知も義父の気前よさと義理を尽くしてくれているのがわからないわけではなかったが、ただそういうことは考えたくないのだ。彼の給料は数千元に過ぎず、様々な補助やボーナスを加算しても、一万元にはまだ距離があった。ローンの返済は月々少なくとも五、六千元に上るのだから、どうやって生活すれば良いというのか。彼は講師で、まだプロジェクトを取りしきる資格はなく、サブプロジェクトの申請はできたが、それより学科の教授たちの手伝いの方が多かった。

プロジェクトの経費は少なく、規定外の収入もない。

彼はそういうことを考えたくなかった。考え始めると、人生そのものの入口を間違えたような気がしてくる。

韓知はまだ覚えていたが、一昨年着任したばかりのころ、学科の呉《ウー》教授がこう教えてくれた。

「准教授への昇任審査は早く申請したほうがいい、准教授になれないと将来がないし、苦労するばかりだから。最初から『ネイチャー』や『サイエンス』への掲載を狙うんじゃない、本数を稼ぐのが王道だ。一気に教授の座に駆けあがったら、それから時間のかかる研究に取り組んでも遅くない」

「かといってそうそうたくさん業績を出せはしませんよ」韓知はそのときは間の抜けた謙遜をしただけだった。

「それは投稿先しだいだよ」呉教授はもったいをつけて言った。「難易度の高さもあるし要領もある。たとえば、しばらく前に、中国科学院の雑誌もScience Citation Indexに収録されただろう、ほらあの中国科研だって英語だ。その手の雑誌のレベルはそこそこだから、投稿してみるといい、ずっと簡単だ。こういうことは自分で気をつけておけよ、誰も君のために計らってくれたりはしないからな。何を申請するにしても早い者勝ちだ、遅ければそれだけ大変になる。力学の姜《チアン》先生を見てみろ、講義はすごいだろう？　学内でも有名な名講義だよ。でも長いこと論文を出してないから、まだ昇任できない、昇任できなければプロジェクトも持てないままだ。うちの学科はここ二年のうちは新任教員が少ないから、今のうちだよ、あと二年したら海外留学組をたくさん採用するだろうから、新任も以前からの教員もやりづらくなる。……よく考えておくといい。本当に投稿するなら、中国科研には編集部に知りあいがいて、院生時代のルームメートだから、口をきいてあげるよ」

韓知はそのときはあまり気にかけていなかった。そのころは自信もプライドもあって、そういう新しい雑誌は眼中になかった。かつて学生時代にはそうやってやたらと発表することを水増しと呼んでいた。相場がわかっていなかったわけではない。国内外で、周囲にもこうしたすれすれの雑誌で水増しして学位取得にこぎつけた学生がたくさんいた。自分は絶対にそこまで落ちぶれることはないと以前は思っていた。

しかしいくつかのプロジェクトが難航している今となって、思い返せば、呉教授が新任講師に教えてくれたのは、心底からの忠告だったのだ。

韓知はその一番急な階段を上った。数百段もあったろうか、最上段にたどり着いたときには息が切れ、太腿はだるく、胸には岩がのしかかったようで、口を大きく開けて息をつかなければならなかった。それでも気分は爽快で、もっと上りたいと思った。小さいころから彼にとって運動はプレッシャーから逃れる唯一の方法だった。以前はひとりでグラウンドに出て、一周また一周と、プレッシャーが消し飛ぶまで走った。何周走ったのだったか、疲れ果てるころには、もしかするとマラソンに匹敵するくらい走っていたのかもしれない。たったひとりのマラソンだ。彼は一貫して痩せており、ケニアの長距離選手のようなすらっとした体軀だった。

彼は階段の上端に立って遠くを見下ろした。山の中腹の小さな展望台で、灯りが点りはじめた街の全景を見わたすことができる。空はもう暗く、足もとの地面は闇の中で重苦しく堅固だった。遠くの地平線には最後のひとすじの青い陽の光が残っていたが、街の灯りはすでに点りはじめ、陽の光の存在はもはや注意を引かなかった。あるいはすでに闇夜の訪れを楽しみはじめているのだろう。韓知の酒はあらかた醒めていた。もう帰る時間だとわかっていたが、なぜだか帰る気になれなかった。

この闇の中を歩き続けようと思った。どこに行こうとしているのかはわからない。小さいころははっきりしていて、まさにこれまで来た道をたどって、大学の物理学者になりたかった。しかしこれからどこに行くのかは、今まで考えたこともなかった。

胸の中に恐怖が潜んでいるのを感じた。終始そこにある恐怖だ。小さいころは立ちどまらずに歩き続けることで恐怖を回避したが、今ではそれが水面に浮かびあがり、もう見て見ぬ振りをすることはできなかった。深淵の上をひた走り、下を見なければ走り続けられるのに、深淵が目に入ったとたん、足を踏み外して転落してゆくアニメのキャラクターのように。

韓知は小さいころ父に才能を見いだされ、それから地元では算数の天才で、記憶力も抜群、詩を暗誦できるし、囲碁の腕前も相当だと知られるようになった。人々は家にやって来ては韓知を取り囲み、問題を出したり、詩を暗誦させたり、碁盤を広げて一局対戦したりした。その前は大人たちが姉をからかって歌ったり踊ったりさせるのを見るたびに、姉に同情したものだが、何歳のころからか自分にお鉢が回ってきた。質問にひとことふたこと答えるとすぐに口をつぐみ、碁は決して打とうとしなかった。父は近所の人々にそそのかされ、彼をテレビ局に連れて行こうとした。だが彼はどうしても言うことを聞かず、父もあきらめるしかなかったのだった。彼の生活はまあまあ静かだったが、それでも小さいころから誰かが彼を見ていて、あれこれ取り沙汰したり、褒めそやしたりしているのを知っていた。小学五年のとき、先生に推薦されて区の数学オリンピック強化クラスに入り、小学六年のときには華羅庚《からこう》〔中国の数学者〕ゴールドカップで市の一等賞を得た。中三では数学と物理の二科目で全国一位を取り、夏合宿の後、北京の高校の全国理科選抜クラスに入り、高三ではまたふたつの一等賞を手にした。数学オリンピックの全国代表にはなれなかったが、それでも大学の推薦の枠は得て、学部卒業後には博士まで五年間学んだ。

彼の一生はずっと称賛を勝ち得てきたようだが、小さいころから、自分には本当に才能があるのかと疑っていた。人が熱心に褒めてくれるとき、まるで別の子が褒められているように感じた。その子は順調に流れに乗って、しかもそれを自慢に思っている。自分とその子との差を考えると、ふたりの関係はよくわからなかった。いわゆる才能というのはたまたま訪れた彗星のようなもので、瞬間的にあると感じても、次の瞬間にはかき消えて、二度と無くなってしまうのではないかと疑われた。

自分が何を恐れているのかはわかっていた。中学のとき、「仲永を傷む」〔宋・王安石の作〕という文章を習った。まさにその日から、そこに記されているのが彼自身を待ちうけている災いだと悟った。彼の運命は浮き彫りになり、基準が与えられた。それに打ち勝つことができれば、人生への勝利だ。敗れれば、人生に敗北したことになる。しかしどうあっても、それと無関係な人生を歩むことはできないのだ。たとえ彼の失敗を照らしださなかったとしても、恐怖を照らしだしていた。

韓知にははっきりしていた。彼の多くの努力はそうした恐れを覆い隠すためなのだと。リスが越冬するために懸命に食糧を蓄えるようなものだ。彼の深淵は手にしているものと到達したいと願う境地との間に横たわっていた。彼が内心望む目標はあまりに高く、現実のすべては単なる煩雑な脚注にすぎなかった。彼は「泯然《びんぜん》として衆人たり」〔才能が失われただの人になってしまった〕という句にあてはまってしまうのかもしれなかった。

　これまでの年月、彼は常に自分を追ってくる力を感じていた。すぐ後ろにいて、息を切らしながら走り続けるように強制する。それがこの言葉だった。「泯然として衆人たり」。過去のあらゆる称賛はすべて別人に向けられたもので、いつでもそれが露見し得るのだと感じていた。だからぎりぎりまで身を削る感覚が必要なのだった。学部生時代にマラソンを走ったとき、十五キロを過ぎると力尽きそうになり、三十キロを過ぎるとほとんど感覚が麻痺し、最後は夢うつつに足を運んで耐え抜いたように。そうした感覚が慰めとなった。彼はスポーツマンではなかったが、それは地に足のついた感覚を与えてくれた。少なくとも走っているのであって、その場に留まって墜落するのではない。それで残業を好み、マラソンを愛するように残業を愛した。連続で十五時間、ひどいときは二十時間働いたあと、真夜中に帰途に就くとき、頭はふらふらだったが心は落ちついていた。自分が苦闘していると確かめる必要があった。古代の敬虔な信仰者たちがなぜ自らを苛んだのかがいくらかわかった。それはひとつには極度の焦慮で、別の方向からの充実によって穴埋めする必要があるからだ。恐怖の深淵は、だから繰り返し疲労によって埋められねばならなかった。

　彼はずっと努力し続けていた。アメリカから帰国して、大学で講師になった。他人の眼からすれば十分よくやっているとはわかっていたが、それでも同時に、自分が到達を望む高みとの距離がどれだけあるかもわかっていた。それはゼロか一かの問題で、一がアインシュタインの人生の境地なら、ゼロはそれ以外のあらゆる人生であって、「悪くない」という中間の状態は存在しない。

またふたつカーブを曲がり、下り坂にさしかかった。長くゆるやかな坂で、どこへ続くのかわからない。足もとの道も柔らかくなり、上り坂の切り立った険しさではない。下山の道は曲がりくねってなだらかに続き、階段ではなく砂利道になった。大汗をかいて上ったあとで細かい歩幅で進むと、ごろごろした砂利が足裏をマッサージしてくれるようで、確かな慰めを得られた。

もうしばらく進むと、分かれ道に出た。携帯でGPSを調べようとしたが、検索できなかった。韓知は自分の感覚に従って公園の出口の方へと進むことにした。このときはまだ、今夜は帰らないとか衝動的に何かをしでかすなどということは考えもしない。だが、明確な記憶はここで途切れており、少なくとも翌日警察で取り調べを受けた際に、はっきり説明できた道筋はここまでだった。

これからまたなだらかな坂を下ったようだったが、その前に坂を上り、また下ったのかもしれない。よく覚えていない。いくつも分かれ道があったわけではないし、毎回賢い選択をしたはずなのに、どういうわけだか、道に迷ってしまった。時間はまだ八時なのに、山中の夜は闇に包まれ、方角を失った。そのあとは、ぼんやりと歩いて旧知の区域に出たものの、いつ通ったことがあったのかは思いだせなかった。とにかくよく知っている感じがしたので、直感に従って歩き、曲がり、さらにまた曲がった。

それから、看板を目にした。

その看板を見て、ようやくこの道にどうして覚えがあると感じたのかを悟った。この場所に、この一帯に来たことがあったのだ。

韓知は知らずにいるが、このとき彼の家では大変な騒ぎになっていた。安純は彼の携帯に電話したが圏外だった。研究室にかけたがつながらず、同僚に電話しても、今日は彼の姿を見ていないというばかりだった。

韓知がまだ知らないのはそれだけではなく、あと四、五時間して、深夜になっても帰宅しないので、安純が警察に届けを出し、警察がただちに彼がふだん行く場所の捜索を始めることだった。誰が漏らしたのか、地元の衝撃ニュースを報じることに血道をあげている新聞がさっそく報道を始め、優秀な若手研究者の失踪が好奇心を呼び、翌朝にはすべての路線バスの朝のニュースに登録された。朝のニュースはインターネットに流れ、さらに大規模な興味本位の議論を巻き起こすことになる。しかしそのとき、韓知はそのすべてを知らずにいた。

彼が知っているのは、その看板に覚えがあることだけだった。四年前か五年前、以前のクラスの友人たちとここに来て、陸星《ルー・シン》を見舞っている。しかもそのとき、方向についてあれこれ言い争った。

陸星、その名前は忘れられない。

その看板はレトロモダンなデザインで、白木に茶色の文字がはめこまれ、地味だがよく工夫されている。「深山療養院」、標識の文字は無邪気だった。その五文字に彼の心は激しく動揺した。

彼は記憶の方向に従って前に進む。自分があの療養院を見たいのか、陸星に会いたいのか、それともただ確かな道に沿って進み、まつわりついて離れない記憶から逃れたいだけなのかは定かではない。いずれにせよ、木の看板が彼に定めた道に沿って決然と前に進んだ。これから目にすることになる光景を直感的に予想していたのかもしれなかった。

療養院の入口をくぐったとき、特に遮られることはなかった。まだ九時前で、受付には若い娘がひとり、ノートパソコンで韓国ドラマを観ていて、疲れて眠そうだった。うっとりして疲れた状態というのは人の判断力が最も鈍るときで、受付の娘は彼に面会者カードを渡し、早めに退出するようにと言った。

韓知は廊下を進んだ。療養院は山の中にあり、もともと見舞客も少なく、夜になると完全に静まりかえる。他の見舞客もおらず、静かすぎて不安になるほどだった。この療養院は私立で、神経系統に複雑な障害が現れた患者を専門に治療する。病院というよりリゾート施設のようだった。個室、静かな風景、快適な環境、そしてかなり先端的な科学研究の力。入所には資格審査があるとも聞く。廊下はほがらかな薄いオレンジ色で、明るい色調だが目に優しく、圧迫感もなく、緊張や焦りを緩和するのに良さそうだった。

韓知はドアの番号を探す。二〇五、二〇六、二〇八、最後に二一〇の入口で立ち止まった。

彼はそっとドアを押した。部屋の灯りはついていなかったが、暗闇ではない。透明なガラスのカーテンウォールに、巨大な月が窓ガラスを通して、床に広く白い光を落としていた。陸星の姿が目に入った。ベッドに座り、大きくふかふかの枕にもたれ、目を窓の外に注ぎ、表情は静かだった。どこかぼんやりしている。ベッドの脇にはほとんど人目を引かない計器が二列に並んでいた。

韓知は入口にしばらく佇んだ。四年前だか五年前も、陸星がこうして座っていたのを思いだした。韓知はまだ博士課程の学生で、学部時代の友人と連れだって陸星の見舞いに来たのだった。まったく同じ部屋だが、もしかするとこの番号ではなかったかもしれない。それが陸星に会った最後だった。それから数年はもう訪れることはなく、彼の存在すら頭になかった。

今目の前の陸星は、また幾分痩せたようだ。もともと痩せていたが、今はいっそう十代のころに戻ったように見える。表情はさっぱりして落ちついており、激しい感情はなくちょっと困ったようで、高校のころの陸星そのものだった。あのころはあまり友達もおらず、よくひとりで机に座ったまま考え事をしていて、表情は少なくいつも困惑したような様子だった。

韓知はそっと咳払いをし、陸星はそれを聞いて、ゆっくりと振り向いたが、目の焦点を合わせるのにしばらく時間がかかるようで、ややあって、口もとにようやくゆっくりと微かな笑みが浮かんだ。

「よく来たね」陸星は言った。

「ああ」韓知は言った。「通りかかったんで、会いに来たんだ」

「座りなよ」

韓知はベッドの脇の丸椅子に腰を下ろした。

「具合はどうだ?」韓知は尋ねた。

「ぼく?」陸星はうつむいて自分を見ると、「いいよ。きみは?」

「……まあ何とか」

陸星は韓知の目をしばらく見つめ、かすかに眉根に皺を寄せた。「あんまり楽しそうじゃないね?」

韓知は陸星がそこまではっきり言うとは思っておらず、無意識に手を擦りあわせた。「……まあまあだよ、ここ二日くらいいろいろ立てこんでて、ちょっとごたついてるんだ」

「何があったの？」

「たいしたことじゃないよ、細々したことが色々と」韓知は自嘲的に笑った。「家の中のごたごた、何と言ったらいいかな。……とにかく子供が産まれてから、色々面倒が増えてね」

「子供がいるの？」

「うん、四ヶ月半になる」

陸星はそれを聞くと、驚いた様子でもなく、小さくうなずいて、むしろ前から知っていたようだった。「子供はかわいいんだろう」

韓知は少し言葉に詰まった。「とも言えないな、まあかわいいとは思うけど、なんか違う気がするんだ。すごくかわいいと思えるときもあるけど、面倒だと思うときの方が多い。必ず夜泣きするし、一、二時間に一度は起きて泣きだすんだから、ひと晩中眠れなくてね。妻に何とかしてくれって言うんだけど、子供が泣くのは当たり前だって、逆に文句を言われちゃって」

韓知は言い終えて、ふと内心ドキッとした。なんだって来るなり愚痴をこぼしてるんだ、しかも長年会っていない、療養院で治療中の級友に。自分でもけしからんと思った。父親になりたてですべてに追われていて、子供が夜中におっぱいを欲しがることに愚痴をこぼしている。そんなのはなりたいと思っていた自分の姿と開きがありすぎる。

「このところ元気だった？」慌てて話題を変えて陸星に尋ねた。「ここの生活は問題ない？」

「まあね」陸星は答えた。

「毎日何をしてるんだい？」

「朝ご飯のあとは散歩して、帰ってから思考の練習だ。昼ご飯のあとは昼寝。午後に思考の練習。

夕飯のあとも思考の練習」

「思考の練習って?」

陸星は指で自分の頭を指し、また目でベッドの脇の計器を示した。「指示のとおりに思考して、記録するんだよ」

韓知はようやく、陸星のこめかみ近くにそれぞれメタルカラーの小さい円形のチップが貼ってあるのに気づいた。髪の毛で半分隠れ、暗いところでは目立たない。脳波を測定する装置のようで、無線で信号を伝送するのだろう。ベッド脇の計器にはディスプレイや目盛りはなく、計測しているのが何の信号かは知ることができなかった。

「……痛い?」彼は陸星に尋ねた。

陸星は首を横に振った。「感じない」また頭の後ろをつついて、「こっちにもふたつあるんだ」

陸星はあまりにおだやかで理性的だったので、韓知には彼が発病したころの様子をしばらく思いだせなかった。このおだやかで友好的な男を、あの孤独で無口な級友と結びつけることはできなかったし、希死念慮を抱いた神経症患者と結びつけることはますます不可能だった。治療はうまくいってるようだな、と彼は考えた。それとも、陸星の問題はもともとそこまで大きくなかったのかもしれない。

韓知にはどうも理解できなかった。陸星はあのころどうして急に悪くなったんだろう。彼はいくらか感じるところがあったし、それ以前に陸星の異常な兆候を察してもいたが、あまりに急で、陸星が自殺を図ったと耳にして、相当驚いた。

あれは七、八年前のことだ。ふたりともまだ修士課程で、韓知は物理学科、陸星は数学科だった。もともとどちらも悪くない境遇だったが、それがある日、韓知が実験室で媒介変数に頭を悩ましているとき、高校の同級生が駆けこんできて、陸星の事件を伝えたのだった。幸い助かり、命に別状はないが、精神科に入院したと。韓知はガタリと立ちあがり、キーボードに両手を叩きつけた。画面にはずらずらと際限なく乱れたコードが並んだ。同級生は言った。陸星は事件の前に仏教の教理について話していたけれど、何が何やら雲をつかむようで、わかったようなわからないような話だった。

韓知は陸星と高校一年から同じクラスだった。ふたりとも小学生のころから数学オリンピックの勉強を始め、中学の数学と物理のコンテストではどちらも一等賞で、北京の高校の選抜クラスに推薦で入学し、卒業後もそのまま推薦で北京大と清華大に進学した。コンテストは彼らの生活の一部で、食事や呼吸のようなものだったから、小学一年から大学二年まで、一貫して数学と物理のコンテストの中でもがいていた。陸星はクラスでもいちばん口数が少なく、年もいちばん下で、いつも窓際の席で黙って問題を解いていた。

陸星が自殺を図ったと聞いてから、韓知の心にはざらつきが生まれた。春の強風で口に入った土埃のように。それまでの年月、陸星と過ごした記憶をさらってみたが、どれもとりとめもなく、意味のあるつながりに欠けていた。そのときになってようやく人と人との関係がこれほど脆弱なもので、毎日すれ違っては挨拶を交わしていたのに、何かあってからどれだけ相手を知らずにいたかに気づくのだと悟った。クラスの友人はこれを機に集まり、当時のあれこれを語りあい、互いの思い出がまったく異なっていることに気づいた。

ショックの中で、韓知はさらに記憶をたどり、高校三年の最も重要な国際コンテストの前に、彼と何人かの級友で一緒に国の強化合宿に参加したのを思いだした。合宿の最終日に内部試験を受けたあと、韓知ともうひとりの級友は当番で、椅子をひっくり返して机に載せ、床掃除をしていた。陸星が急に入ってきて、とりでのような机の列を通り抜け、教室のいちばん後ろまでやって来た。「きみが一位だぞ」彼は韓知に言った。

「何だって?」

「成績が出たんだよ、きみが一位だ」

それまでの数回はずっと陸星が一位だった。韓知は何か言おうとしたが、何と言ったら良いかわからなかった。陸星は身を翻して出て行った。陸星が不愉快に思いはしなかったか、自分が傲慢に思われはしなかったか、韓知にはわからなかった。

翌日学校に戻ったが、授業がなかったので韓知は寮で本を読んでいた。陸星がドアを叩き、囲碁か将棋ができるだろう、どっちが好きかと尋ねた。陸星の表情は少しぎこちなかった。韓知は不意を突かれ、藪から棒だと感じた。指したい気はしなかった。陸星の無理している様子が落ちつかなかった。それとなく遠慮しようと思ったが、口をついて出たのは冷淡な拒絶だった。勝負は好きではないし、誰とも勝負したくないと答えた。陸星はまた中国将棋か四国軍棋〔四人で遊ぶ将棋の一種〕を指さないかと誘った。

後に思い返してみて、韓知は気づいた。陸星が誘いに来たのは挑戦ではなくて、それまでの競争を和らげようとするものだった。陸星が不器用な方法で彼を将棋に誘ったのは、試しに関係を築けたらという希望から、好意を示そうとしたので、他の級友と同じように何かして遊ぼうと思ってのことだった。

でも彼は拒絶した。そのことを考えるたびに、韓知の胸は痛んだ。

日々は定まりなく、流砂のように流れていった。特進クラスの級友はみな大学の学業を終えると四方に散ってゆき、数人が研究の世界に留まり、ふたりはアメリカに、ひとりは日本にいた。だが大部分の級友は多かれ少なかれ他の進路を歩み、企業に入ってプログラマーになったり、小学生に数学オリンピックの訓練をしたり、金融業界に入ったり、あるいは女子学生で出産後は働きに出ず、専業主婦になって、口を開けば安純のように乳児用品のネットショッピングの話ばかりの者もいた。彼らの生活は普通の人の暮らしと同様に元手と収益ばかりで、普通の人の暮らしと同様に味気ないものに変わりつつあった。

陸星の事件の後、級友は各地に散り、たちまち四、五年が経った。何か悲しい出来事が起こらない限り、みなをひとところに集めることはできないようだった。

大学の講師となったことは韓知にさほどの達成感をもたらさなかった。自分がかつて到達を望んだ境地が何かははっきりわかっていた。先人の事業を引き継いで未来を開拓し、大統一理論を完成させることだ。しかしハイゼンベルクの時代は過去のものとなり、シュレーディンガー方程式に匹敵する発見もなかった。昇任は申請できるし、住宅の分配も受けられる。しかしそれでは埋めあわせにならない。どういった仕事が重要で有意義で、洞察力と豊かな創造性を要する天才的なものかはわかっていたし、どういった仕事がそうではないかもわかっていた。

人生で得たものを見れば、二枚の証書の学歴、賃貸住宅一戸、きつきつの暮らしだ。こうした外在的なものを除けば、何が残るかというと、何もない。玉ねぎのようなもので、一枚ずつ皮を剝いてゆくと、どんどん小さくなり、しまいには何も残らない。あらゆる努力というのは玉ねぎの外皮をまとい、空洞を他人の目から覆い隠すためなのかもしれない。

泯然として衆人たり。

「何か悩みがあるみたいだけど？」陸星は不意に尋ねた。

韓知は自分がとりとめのない追憶にふけっていたことに気づき、はっと我に返った。「いや、何でもないよ。ただちょっと……仕事のことを考えていたんだ」

「何の仕事をしてるんだ？」

「相変わらず研究だよ、前と同じだ」

「何の研究？」

「粒子物理学」韓知は早口に答えた。「実験してるんだ。もともと理論をやりたかったけど、あんまり向いてないと思って。おれのことは知ってるだろ、思考に発展性がなくてさ、学部のころは場の量子論をやろうと思ったけど、やっぱり行き詰まって……方程式の二次や三次の補正項ばかり考えているのも嫌だし、結局実験の方向に進んだんだ」

「そっちの方が向いてるかもね」

「かもな。でも実験は金がかかるから、海外ならまだしも、帰国後は何とかして自分でプロジェクトを立ちあげないことには、戻ってきたばかりの講師の身分じゃいくらももらえないし……研究費がないと成果も出せないし、そうするとますます研究費が取りにくくなる」

「……帰国したのを後悔してる？」

「そうでもないよ」韓知は思い返してみた。「もともと学科長は、国内には大型の粒子物理の企画があるから、帰国した方がチャンスはあるって言ってたんだ……でもこの件は、企画は企画で、実現するかどうかはまた別だった。帰国してからわかったんだけど、ここではごね得のようなことも色々あってね」

「ごね得？」

「例を出せばわかるだろう。学科では大きなプロジェクトを申請する予定だったんだ。方法もまして、大型ハドロン衝突型加速器ほどのエネルギー規模は不要なのに、ヒッグス場のかなりの性質を計測できる。それで一気に世界の最前線に躍りでるんだ。もともと各方面から期待されてた。でもそれが審査の二日前になって、中国科学院のあるグループが集中砲火を浴びせてきた。設計の欠陥とか、プランの論証過程の欠陥とか、国家情報の安全まで持ちだして、ネットに文章を発表した。実は彼らもニュートリノのプロジェクトを申請していて、世論の圧力でこっちを潰しにかかったんだ。しかもこっそり審査委員を訪ねて、味方にひっぱりこんだ。どうやらあっちのプロジェクトも十数年かけて準備していて、通らなかったら失業者がぞろぞろ出るところだったらしい。最後には審査委員会で激論になる始末で、ひどいごたごたでね」

「面倒だね」

「そうだよ」韓知は言いながら、その数日間の苛立ちと不安を思い返していた。「当たり前だろ。くだらないよ」

「……じゃあどうしたいの？」

「わからない。ただ、こんなに長いこと勉強ばかりしていて、その結果がこれか？」

「ぼくもそう思ってる。何のためだったんだろうね？」

「われに聞くのか？　きみの方がよくわかってるかと思ったのに」韓知は自嘲をこめて言った。

「おれに何がわかる？　毎日実験室に行って、家に帰れば妻に文句を言われる。……毎日ひたすら子供、子供、時々思わず妻がまだおれのことを覚えているのかどうかと疑いたくなるよ。もうすっかり他人なんじゃないか？　子供が産まれた途端に別人になったみたいだ。本当にわけがわからない。まったく。陸星、今日はたまたまこんな話をしたけど、ふだんは誰にも言えないんだ。きみならわかるだろう。少なくともあのころ一緒に何年も問題を解いた仲だし。ねえ……どうして人は子供を産むんだろう？」

「どうして？」

「おれもわからない。人はもともと自由なもので、何だってしたいことができる。でも子供が産まれた途端、たちまち変わってしまう。子育てのために金が必要だし家も必要だ、何をしたくても自由にはならない。どうしてわざわざ自分を苦しめなきゃならないんだろう？　……進化心理学では、人間は子孫を残すことがすべての目的だと考えるけど、そういう言い方がすごく嫌なんだ。でもだからといってどう反論したらいいかわからない。ただ、人が子孫を残すためだけに生きているなら、知識を得て何になるんだ？　おれたちが前にあんなに数学だの宇宙論だのを勉強したのには、何の意味があったんだ？　彼らの言い分だと、知識を得るのは人より抜きんでるためで、嫁をもらって子孫を残すのに良いようにだってさ。くそっ……じゃあ何でニュートンは結婚せず、子供を作らなかったんだ？」

「理解できない人も多いよ」

「そうだ！　その通りだよ！　そういう連中にはどう言ったらいいかわからない。うんざりだけど、かといって良い理論も思いつかない。人類には繁殖のほかにどんな目的があるんだ？　ここまで進化してきたのに、動物と違う目的はないのか？　宇宙の中では知識にどんな意味があるんだ？」韓知は悲痛な目で陸星を見つめた。

陸星の目には同感の悲しみが浮かんだ。「きみはちょっと興奮しているね」

「うん、そうかも。苛々してね」

「鬱憤をぶつけたいんだね」

「そうだよ、もちろんだ！」韓知は言った。「でもどこにぶつければいいんだ？　ぶつける先がないよ。家ではみんなおれより立場が上だし、義父にぶつけるわけにはいかないだろ？　通行人にぶつけられるか？　大学に行っても、学科長にぶつけられるか？　あのときは体《てい》の良いことを言って戻ってこさせて、それがどれだけ実現したかなんて聞けるか？　こんな数千元程度でどうやって暮らしていけるんだって言えるか？　大学の責任者に教員宿舎の家賃が高すぎるって文句を言えるか？　できるか？」

「やってみなきゃわからないよ」

「何をやってみるって？　鬱憤晴らし？　冗談だろう？　まがりなりにもこれだけ長年教育を受けてきたんだ、教養のない人間のように騒ぎたてられるか？　ありえないよ。色んなことがもう深く骨まで根を下ろしてるんだ。他人に何か言われて、不愉快な内容だったとしても、何も言えないさ、『ええ、わかります』というのがせいぜいだ。時々誰もいない場所で、大声で叫ぼうと思ってても声が出せないことがある。情けない話だよ」

「発散できれば楽になるよ」

「スポーツジムでボクシングをやってみたこともあるんだ、ストレス解消にいいっていうから。

でも力が足りなくて、サンドバッグを殴ろうとしても、逆にはねかえされるんだ。小さいころにあまり運動をしなかったからだろう。射撃も的に当たらない。ただ思うのは、何でもいいから、一度に全部放りだして、ほらドカンと、『もう何もかも知ったこっちゃねぇよ』って感じにさ」

「全部爆発させちゃう感じだね」

「ああ、そんなところだ。もうすべてどうでもいいって感じだよ」

「じゃあこれをあげるよ」陸星は言いながら、そばの引き出しから真っ黒な直方体を取りだした。「これは爆弾だ、中性子爆弾だよ。ここを押して、安全装置を解除すれば、起爆できる。気に入らない場所に行って爆発を起こすといい、全部爆発してなくなったら、腹立ちも収まるよ。きみを束縛しているものをみんな爆発させちゃえばいい。信じてよ、簡単だよ。ずっとそうしたかったんだろう」

韓知はぎょっとなって言った。「どうしてそんなものを持ってるんだ?」

「知らないだろうけど」陸星は言った。「ここは秘密基地で、色んな実験をしてるんだ。あれこれ聞かないで、早く帰りなよ。夜は施錠するから、出られなくなるよ。門を出て左の道に沿って行けば、ふもとに出られるから」

彼は言いながら黒い直方体を韓知の手の中に押しこんだ。

韓知は自分がどうやって下山したのかもうよく覚えていない。転がるように療養院の門を出て、捕まりはしないかと思い、走りながらも心配でならなかった。誰かが後ろから追ってきているのではないか、秘密を知ってしまったせいで、療養院のスタッフに拘留されるのではないか、さらにうっかり何か致命的な装置に触れて爆発させてしまうのではないか。心臓は早鐘のように打ち、今にも喉からとび出しそうだった。療養院を出てから相当走ったところでようやくひと息ついたときには、喉は痛み、胸は張り裂けそうだったのを覚えている。どの道を通ってきたのか思いだせないが、かすかな風景と、曲がり角の鬱蒼と茂った木、恐ろしげな影、ふもとの灯りが点った住宅地、それから自分の焦ってふらつく足もとだけを覚えていた。

やっとのことでタクシーをつかまえ、乗りこんだときには手に汗を握っていた。疲れきっていたが焦りもあり、眠りたかったが警戒と緊張で眠れなかった。繰り返し自分に言い聞かせた。もう少しだ、もう少しで着く。

校門を入り、大またに前へと走った。夜中で静まりかえり、キャンパスには人影ひとつなく、街灯は点っていたが、木の茂みの影がよけいに凄まじく見える。どういうわけか、遠くに白い光があり、ずっと走って行けばたどり着けるような気がした。頭の中はほとんど真っ白で、緊張のあまり息もできない一方で、道々の細かい部分についてては妙に冷静だった。

まっすぐ学科棟に行き、正面のドアを押してみたが、施錠されていた。裏口に回ったが、こちらにも鍵がかかっている。腹を立ててドアを揺すぶっても、鉄枠がガチャガチャいうばかりでびくともしなかった。怒りのあまり、建物の正面に戻って草むらの中を探しまわり、ようやく手ごろな石をひとつ見つけると、全身の力をこめてガチャンと裏口のガラスを叩き割った。ガラスは地面に散乱し、きらきらと悲鳴を上げる。手で残りのガラスを次々に砕くと、手のひらの端が切れて血が腕に流れた。そしてついに人ひとり通れる空間を作り、そこから身体を押しこんだ。

実験室と研究室のどちらに行こうかとしばらく迷い、最後にはやはりホールで実行することにした。わなわなとおののきながら陸星がくれた黒い直方体を取りだしたが、両手は震え、二度ほど落としそうになった。片手でそれを持ち、もう片方の手をズボンにこすりつけて汗を拭いた。ボタンを探し、あちこちをでたらめに押してみた。黒い箱の上には小さな円があり、最初はそれがボタンだと思ったが、押すことはできなかった。ひっくり返すと、側面に一箇所動く仕掛けのようなものがあるので、引っ張ってみたが何も起こらなかった。

彼はほとんどパニックを起こし、地団駄を踏んで跳びあがらんばかりだった。うっかり落としてしまったときには、今にも爆発するかと心臓が止まりそうになったが、何も起こらなかった。拾いあげ、ますます苛立って叩いてみた。反応がないとわかると、階段の手すりにぶつけてみて、気づかぬうちにスイッチを起動できないかと期待した。最初のうちは自分の安全を気にしていたが、怒りのあまり、最後にはどうでもよくなった。それを色々なものに叩きつけてみた。ガラス、金属、大理石。

とうとう、ある瞬間突然スイッチが入ったらしく、眼の前が真っ白になった。

彼は気を失った。

どれだけ経ったのか、病院で目が覚めた。

それは公立病院の救急病棟で、廊下はうめき声を上げたり泣き叫んだりする人であふれかえっていた。窓の外はもう明るく、薄い陽射しが昏睡した患者を冷淡に照らしている。韓知の頭はまだ霞がかかったようで、動かすと痛みが走った。水を飲みたかったが、視界の中には知っている人は誰もいない。こちらに向かってくる安純の姿が遠くに見えて、声をかけようとしたものの、口から出る前にまたずるずると眠りに落ちてしまった。

それから、彼は帰宅した。そのあとで警察に連れて行かれ捜査に協力した。

警察に行ってようやく、自分のしでかしたこととその結果について知った。あの晩、遅くなっても彼が帰らないので、家族は慌てて警察に届け、警察は公共交通システムのメディアセンターに通知し、その夜にはもう尋ね人の記事が流れ、翌朝も家族が警察に電話で発見されたと届けるまで流れ続けた。

彼は学科棟の守衛室のおじいさんに発見されたのだった。ホールの冷たいタイルの床に倒れ伏して、意識がなかった。足のそばには黒い薬の箱が転がっていた。彼は衝動的に学科棟の備品を叩き壊していた。展示ケース、掲示板、ウォータークーラー、彫像。最後に彫像が倒れてきて彼に直撃し、気絶したのだった。幸いなことに、直撃を受けたものの命に別状はなかった。彫像が倒れた角度が横にそれていたため、頭に当たらずにすんだのだった。

彼はぼんやりと供述をしたが、はっきり説明できないことが多かったので、いいかげんに片づけられ、与えた損害も大したものではなかったため、二日間拘留されて家に帰された。大学では停職、罰金、観察処分といった一連の処分がなされた。

その日からというもの、韓知はすっかりぼんやりしてしまった。

心の中にはとまどいと困惑があり、道に迷ったところから帰還まで絶えずあの日のことを思いだしていた。その一方で、強い虚脱感と幻滅のために思いかえしたくなくもあり、失望感が記憶の再構築を妨げた。陸星に会ったかどうかも定かではなかった。しかも家族が休みなく質問し責めたてるので、もう現実に戻るのが嫌だった。

彼の頭は現実の生活を拒み、絶えず抽象的な問題を考えていた。人間は宇宙においていったいどんな位置にいるのか？　人間が知恵や知識を探求するのは何のためか？　人間の探索と生理的な日常生活にはどんな関係があるのか？　前者は後者に到達する手段に過ぎないとでもいうのか？　もし両者が激しく分裂していたらどう選択すべきか？

彼は鈍くなり、口数は少なく、すぐに苛立ち、口をききたがらず、食事に関心を示さず、生活は不規則になり、家族が何か尋ねても取りあわなくなった。

三ヶ月が過ぎ、家族はついに耐えきれなくなって彼を病院に連れて行った。病院は初歩的な診療の後、彼を深山療養院に転院させ、その先の治療をすることにした。

再び中庭に足を踏みいれたとき、彼の精神は突然衝撃を受けた。現実感とある程度の緊張がよみがえってきた。彼は自分の問題が緊張感の欠如に起因していたことに気づいた。腕をぎゅっとつかんでいる安純の手を振りほどき、大またに建物の奥に駆けこんだ。受付の娘は押しとどめようとしたが、彼に突き飛ばされ、後ろに数歩よろけた。

彼は二階に駆けあがり、部屋番号を数え、一世紀も走ってようやく探し求めた数字の前にたどり着いたような気がした。二一〇。

音を立ててドアを開け、陸星がベッドに座っている姿が目に入るのを期待した。しかし彼はいなかった。陸星の病室には、年とった医師がいて、薄緑の術衣をまとい、壁際に立って何かを記録しているだけだった。

「陸星は？」韓知は立ちどまるより先に、礼儀もかまわず尋ねた。

医師は彼をちらりと見た。「散歩に行きましたよ」

「どこにですか？　彼に用があるんです」

「あなたは？　彼に何の用です？」

「彼に……聞きたいことが」

医師は彼をしげしげと見つめ、ゆっくりと尋ねた。「新しく来た患者さんですか？　昨日届いたファイルの中にあなたの写真を見たようだ」

「ええ、そうです。でも陸星はどこに？」

「何を聞きたいのか教えてくれたら、彼の居場所を教えましょう」

「聞きたいのは……」韓知は手を揉みしだき、「聞きたいのは、あの晩どうしてぼくにあんなことをするようそそのかしたのかです」

「彼がそそのかした？　何をです？」

韓知はどう答えたらよいかわからず、「つまり……つまりあれをくれるって騙して……」

医師は彼が口ごもるのを見て、それ以上は追及せず、ただ穏やかに言った。「たぶん、あなたはまだ陸星さんの状況をおわかりでない。今の状態では、彼は自分から何かをそそのかすなんてことはできませんよ」

「何ですって？」韓知は驚いた。

「陸星さんはまだ正常な精神状態ではなく、治療の途中です。実際のところ、普段は意識もはっきりしていないんです」信じかねるという韓知の表情を読みとり、医師は手にした診療記録を彼に見せた。「ほら、陸星さんのカルテです。軽度の自閉＋現実感の崩壊＋コミュニケーション障害。つまり、人工知能の状態にあって、自分では何をしているか意識することができず、顔や表情の識別もできず、人と有効なコミュニケーションもできません」

「まさか」韓知は言った。「しばらく前に彼と長いこと話をしたんですが」

「ええ、可能性はあります」医師は言った。「それは陸星さんが受けている治療で……あなたがどれくらいの知りあいか存じませんが、お伝えしましょう、陸星さんは大脳に軽度の障害が現れたかなり典型的な患者です。やや自閉的ですが、それほど重くはありません。家族は引っこみ思案なのだと理解して、特に処置を講じませんでした。でも実際は、他人の感情を識別するのが困難で、人の顔の表情に反応しません。感情を識別する部分の脳の発達がやや遅滞しているんです。脳のこの部分に問題のある人は数学や観察能力に優れます。でも、人間関係でぶつかった困難と彼自身のほかの困難が一緒になって、自殺の傾向をもたらし、それから意識の低下した状態に入りました」

「でも、どうして……どうしてぼくと話している間は普通だったんですか?」

「それはわたしたちの実験です。実際のところ彼は自動で応答しているんです。大脳に一定の刺激を与える治療で、プログラムを連結して、脳の信号から相手の感情を解読し、自動化された応答の反応を起こさせるんです。練習を通じて、最終的な目的は彼に自分で他人の感情を識別できるようになってもらうことです。ご存知の通り、感情の識別にはとても複雑な能力が必要ですが、高級な神経ネットワークのプロセスでもありますから」

「なんですって?」韓知は驚いた。「ぼくはプログラムと対話していたと?」

「それは違います。プログラムは表情と言語の信号を総合して識別するもので、対話の生成は行いません。信号を解読して、陸星さんの大脳に送信し、相手のそのとき言いたいことを理解させるだけなんです。応答もプログラムが作りだすものではなく、解読したものに従って陸星さんに自動的に応答させるだけです。だからある程度まで、陸星さんが表現するのはただの解読で、実際は相手の気持ちなんです。彼はあなたの言いたいことを口に出しただけなんですよ」

韓知は聞いて口をあんぐりと開け、かなり経ってようやく我に返った。「まさか。陸星はぼくに爆弾をくれると嘘をついたんですよ。自分で自分を騙すようなことはするわけありません。ぼくは……」

「自分だけが自分を騙せるんですよ」医師は言った。「自分から信じようとしなければ、何も信じることはできません」

「でも……」

「受けいれがたいことだとは思いますが、人は自分を理解したがらないものなんですよ。それでもいつかはその過程を経験しなきゃならないんです」

韓知は何かよく知った感覚が刺激された気がしたが、はっきり言えなかった。「先生、ぼくの問題は何だと思いますか？」

医師は笑い、それは温和な笑いだった。「それはわたしには言えません、全面的に検査してはじめてわかることです。でも、外界を認識し自己を認識することは、両者のうち片方あるいは双方に問題が起きることにほかなりません。陸星さんは賢い方ですから、外界の認識には問題なく、自己認識に問題があったんです」

「外界を認識すると自己を認識できないんですか？」

「ふつうはできません」医師は言った。「でも逆は可能かもしれません。聖書にあるでしょう？神は自分の姿に似せて人類を作りたもうたと。自己を認識すれば、宇宙神を認識できないとも限りません」

韓知の頭は急にショートしたように、短時間の空白の間に、無意識の火花が散った。彼は何かを頓悟したように、宇宙と自己の間に何らかのごくかすかな関係が結ばれたように思ったが、言葉で表現することはできなかった。一瞬にしていくらか精神の意義と、知能の進歩、宇宙の進化を認識したようだった。しかしその感覚はあまりに断片的で、水面に接触するトンボのようにたちまちかすめて去り、その表面すら捉えることができなかった。宇宙に対する理解と人間に対する理解が関連づけられ、ある程度統一された。自分を起点に宇宙を認識する。その中には重要な意義が含まれている。それでも彼の頭は鈍く、完全な図を構成することはできなかった。彼は頭痛を覚えたが、内心の焦慮はいくらか軽減されたようだった。彼は手首でむやみとこめかみを押した。

ちょうどそのとき、背後の扉が開いた。韓知は振り返り、陸星の姿を目にした。

陸星は手で扉を押さえ、表情は穏やかだったが、韓知を見ると顔にかすかな困惑が走った。韓知は彼がこめかみにチップをつけていないことに気づいた。

韓知が口を開こうとしたとき、陸星のほうから口火を切った。

「きみは……」陸星の表情にはますます困惑が浮かんだ。「韓知じゃないか？　そうだろう？　どうしてここに？　久しぶりだね。どうしたの……嫌なことでもあった？」

孤独な病室

ナースステーションには当直の斉娜《チー・ナー》と韓《ハン》さんだけが残り、ほかの看護師たちは嬉々として帰宅の途についた。

斉娜は少しカリカリしていた。彼氏と冷戦中の娘はみなカリカリするものだ。彼には連絡しないし電話も取らないと決意したが、それでもこっそりネットで彼の残した痕跡を観察し、自分のプロフィールを変更した。彼は必ず見るはずだ。

室内の家具のディスプレイ機能を全部オンにする。机、書類キャビネットの側面、薬品棚の外側に、画像が一面に流れる。色鮮やかなウェブサイトと並んで、オーバーな笑顔と空を仰ぎ見る憂わしげな顔がひっそりと現れては消え、カラーの壁紙になった。ウェブアシスタントがあちこち動き回り、斉娜のためにポールの行方を探している。

韓さんは病室の巡回に行った。斉娜は巡回するほどのことはないのにと思った。患者たちはずっと同じ状態で、快復もしないし死ぬこともない。いつも目にしていると苛々する。それでも韓さんは毎日決まった時間に巡回を続けていた。彼女は弁当にどれだけご飯が入っていても必ず最後の一粒まで食べるタイプで、帽子と手袋をしまう場所も必ず同じだった。斉娜には韓さんと自分は別世界の住人のように思えた。

悲しみがタンパク質なら、わたしの消化酵素は誰だろう？

斉娜はこの言葉を書き終えると、ふふっと笑い、いくらかすっきりした。ペンをくわえて続きをどう書こうかと思案する。

そのとき韓さんが戻ってきた。「ちょっと来て、二一番ベッドの様子が変だから」

でも斉娜は腰が重く、うつむいたままノートに下書きを続けた。「今度は何？」

「とにかく来て見て、またショックを起こすかも」

「どうなるわけでもないでしょ」斉娜はペンを放りだすと、「どうせいつものパターンなのに、面倒くさいったらない」

「増量しなきゃいけないかも」韓さんは説明した。「とにかく確認してちょうだい」

ふたりは廊下に出た。斉娜はウェブアシスタントをバイブにして、携帯をまたポケットに突っこんだ。白衣のボタンをかけると、たちまち斉娜の曲線ゆたかな身体つきがあらわになる。

廊下にはもう誰もいなかった。空のストレッチャーと点滴の瓶が壁際に並び、その脇には回収を待つ医療ゴミの大きな袋があった。天井の両側にはひとつずつ蛍光灯が並び、壁の大脳の写真と図を照らしだし、おどろおどろしい効果をあげている。

斉娜は飴を取りだして口に放りこむと言った。「本当にわかんないな。この家族たちにしたって、どこも悪くない人をわざわざ入院させて。死ぬわけじゃないんだし、家で看ればいいのに」

韓さんは優しく言った。「そういう言い方はするもんじゃないわ。いちばんの身内なんだし、家族が心配しすぎるのも当然でしょう。思いやってあげなくちゃ」

「はいはい、あなたは菩薩さま、わたしは夜叉ですから」斉娜は両手を白衣のポケットに突っこみ、ぴょんぴょんと階段を下りては、一歩ずつ足を蹴りあげた。

それでも韓さんは腹を立てず、「何といってもここは設備が整ってるじゃない、看護スタッフだっているんだし」

「よく言うわ」斉娜は笑った。「あのボロい脳波機？　今は誰だって電極をふたつ買って頭につけられるじゃない、自宅で注入すれば、ここの脳波機よりずっといいかもよ」

「でもやっぱりここのプログラムなら、ランダムに生成されて重複しないから、効果も高いでしょう」

「重複しようがしまいがどんな関係があるの？　毎日注入されてるのが何か、あの人たちが覚えてるとでも？　百羽のアヒルがガーガー鳴くのを注入したって多分同じよ」

ふたりは病室の入口に来た。韓さんは先に足を止め、重々しくため息をついた。

「よったく」韓さんは言った。「ここに来る人たちの中には、どうしようもないケースもあるのよ。家族全員この病気にやられて、寝たきりになってしまって、誰も介護ができないの。気の毒な話だわ」

斉娜は何も言わず、舌を出した。

韓さんは眼鏡を持ちあげ、生徒指導主任のようにふさわしい口調で言った。「この現象は実際かなり重大なことですよ。先週の会議でも言ったけど、入院患者がますます増えていて、もう人口の一定の比率に達しているらしいの。大変な事態になっている。するとますます、正常に他人に関心を持つ人が減って、入院患者がますます増える。悪循環で、最後には皆で一緒に入院するしかなくなる。これは過小評価しちゃいけませんよ。この新しい社会不安は、直視して研究しなきゃ、もっと重大なことになりかねない。このところ書いている本もこの問題についてよ。もうじき出版されるけど、この問題についてのいちばん詳しい研究記録になるでしょうよ。不安の社会学の内容を一部引用してるの、興味があれば来週初稿を印刷して見せてあげる」

斉娜はわざと韓さんの背後を見て言った。「あれ、二〇番はどうして座ってるの?」

韓さんは慌てて振り返った。「え? 何ですって?」

「また横になったわ」斉娜は言った。

そこで韓さんはもう何も言わず、斉娜と一緒に病室に入った。斉娜がひょいと病室の棚の表面と壁の額縁のディスプレイをオンにすると、ウェブページがまた病室にあふれかえった。矢も楯もたまらず自分のアップデートを確認したが、ふたつのコメントがついていたものの、どちらも女友達のスタンプで、ポールのはなかった。彼女は癇癪を起こしてウェブアシスタントのむちむちした尻を叩き、平手打ちを見舞うと再び広大なネットの海に捜索の旅へと送りだした。韓さんは病室一面のにぎやかな光が気にいらない様子で、オフにするよう言ったが、斉娜は聞こえないふりをした。

ふたりはまず二一番の患者を助け起こした。二一番は軽い痙攣を起こしており、片手は胸の前に、二本の指を丸めて、身体を力なくぴくぴく震わせている。ふたりは慌てて彼女を起こして座らせ、口と顔を拭いてやり、手と腕をマッサージして、水を飲ませ、薬を服用させた。二一番は肉感的な女で、四十歳あまり、髪の量は少ないが、肌はつやつやしている。座っているときも彼女の目は閉じたままだった。斉娜の記憶によると、彼女は意識を失ってもう長かった。

「こんなんで生きてる意味あるのかな」斉娜はため息をついた。

「どうなっても生きてることに変わりはないでしょ」韓さんは言った。「普通の人と大差ないわよ」

「わたしなら死んじゃうな」斉娜は言った。「一日中他人の言葉を頼りに生きているくらいなら、死んだ方がまし」

「じゃあ何を頼りに生きるの?」韓さんは言った。「わたしの本でもそのことを書いてるけど……」

ふたりが二一番に脳波機を接続しようとしたとき、二〇番が突然喘ぎだした。窒息しそうなさまじ大きく口を開けて息をつき、それでも足りずにぜえぜえと苦しそうだ。二〇番は風采の上がらない小男で、昏睡状態でも家族が日頃の彼の習慣に従って、髪の毛を一糸乱れず片側にとかしつけていた。彼の両手はスーツの襟をつかむように病人服をつかんでいる。あえぎながら眉をしかめ、苦しそうな顔で、もがく力も強かった。ふたりは苦労して彼を寝かしつけ、頭に電極をつけた。脳波機のスイッチを入れ、電流がゆっくりと送りこまれると、彼は次第に静かになった。

一〇番の症状は非常に典型的だ。最初にこの病気が発見されたとき、多くの人は肺か気管支の病気だと考えたが、どう検査しても悪いところが見つからず、酸素吸入も効果がなく、座らせても寝かせても解決をもたらさず、誤診のあげくにふたりの患者が命を落としていた。脳波機を思いつく人が現れて、ようやくこの奇怪な病気が明らかになった——大脳紊乱《びんらん》性呼吸不全。

そのとき、ウェブアシスタントが報告した。ある女性のページにポールの痕跡が見つかったと。彼はコメントをつけていた。

斉娜は棚のところに走って行って、じっとポールのコメントを見つめた。たった二文字の「賛成」だったが、いやに目についた。コメントした相手は知りあいではなく著名人だ。ハイテク企業の美人イメージキャラクターで、このところ人気絶大の科学コミュニケーターだった。彼女はよく科学技術の動向について発言し、ポールも日頃からフォローしていた。実際は彼女が何を語ってい ようがどうでもよく、美人だということが重要だった。斉娜に言わせれば、彼女がいつも気取ったポーズで新製品とやらを手に写真を撮っているのは、製品の宣伝のためではなく、自分の美しさを見せつけるためだ。その真の意図はといえば、単に褒めそやされて目立ちたいだけで、見栄っ張りもいいところだ。笑えるのは本当に毎日たくさんの人が彼女を取り巻いてちやほやしていることだ。

斉娜はわなわなと自分のページに次の一行を記した。

虚栄心の塊、情けない。

もう一度見直したが、「賛成」の二字が刃物のように彼女を刺した。ポールはふたりが冷戦中で死ぬか生きるかというときにメールの一通もよこさないのに、美女のページに「賛成」と書きこむ余裕はあるのだ。ありえない、斉娜はもう生きていられないと思った。ポールがコメントしたのは何の投稿だか見てみよう。「新製品——ストレスフリーのネット生活、ウェブアシスタントの追跡を完璧にブロック。」わたしから徹底的に逃げる気? 馬鹿にするにもほどがある。

斉娜は我慢できずまた自分の近況をアップデートした。

悲しいとかマジくそみたい、思い出なんかもう溶かしてやる。

またウェブアシスタントに八つ当たりし、ころころした身体を突き飛ばしたり叩いたりした。しかしアシスタントはまったく腹を立てるでもなく、ウェブページをあちこち逃げまわって、隅っこに行くたびに涙をいっぱいにためて彼女を見るのだった。彼女はそれ以上手を出しかねて、ふくれてページを放置すると、韓さんのところに戻った。韓さんはもう二二番と二三番の顔も拭き終えていた。

「もう十一時だわ」韓さんは腕時計を見て言った。「実験室の定温器を見てこないと。あとはお願い」

そう言いながら落ちついた足取りで出て行った。背筋はずっとぴんと伸びている。十一時きっかり、少しもずれていない。

芮娜はひとりになると、捨てられた悲しみがますますやるせなかった。泣きたかったが、泣き声をあげてみても、どうしても涙は出ない。地団駄を踏み、胸には膨張する切なさと虚ろな寂しさが同時に湧きあがったものの、その虚ろな部分を膨張で満たすことはできなかった。ウェブページを全部閉じると、部屋の中がたちまち暗く沈んだようだった。棚と壁は元の何もないホワイトグレーに戻り、金属の地肌は氷のように平坦で、何にも心を動かされることのない冷淡な神のように、遠くから彼女を見つめていた。

芮娜はほとんど腹立ちまぎれに脳波計のスイッチをすべてオンにし、必要な情報のすべてを生成し、電極をつなぎ、患者全員の頭にでたらめに貼りつけた。自分が不機嫌だからといって機器のランダム生成に影響が出るわけではないとわかっていたし、たとえ影響したとしてもどうでもよかった。もうすぐ彼と別れるのに、永遠に昏睡状態の連中に分けてやる思いやりなんてなかった。二二番は人気の衰えた女優で、若い頃はそれなりの美人だったが、老けるのが早く、三〇歳を過ぎるやもう相手にされなくなった。二三番は無職、しょっちゅうネットに文章を発表しては論争し、人気のある者を無能だと罵り、大作家を自称していた。なぜならカフカも曹雪芹も生前は小説を発表できなかったのだし、彼も発表できないからだ。こうした人たちには特定のブログラムがあり、適合する言葉が生成されていた。

斉娜はそれぞれのモニターに流れる言葉を見つめ、脳波を通じて注入されるのが適切な電流であることを確かめた。

電流はこんこんと流れた。「いいね！　やっぱり個性的に生きなきゃね！　あなたのスタイルほんとすてき！　教えてくれた美容にいいスープを作ってみたけど、めちゃめちゃ良かった！すっごい美人！　カーヴィーボディがセクシーで、ガリガリ小娘よりずっといい！　あんなマッチ棒みたいなのはみっともないよ！」これは二一番用だ。二一番はベッドの上で身をくねらせ、顔にはうっとりした微笑みを浮かべ、でっぷりした腹をシーツにこすりつけ、シーツを片側に寄せてしまった。斉娜は仕方なくひと苦労してシーツを伸ばすと、よだれを拭いてやった。

「家族全員がファンなんです！　本当に聞くと胸がすっきりする！　あなたの講演が大好きです！　すごく面白いし！　もともと死ぬつもりだったけど、あなたの講演が勇気と力をくれたんです！」これは二〇番だ。二〇番は身体をぴくぴくさせ、背を弓なりに反らすと、送りこまれる言葉のリズムに合わせ興奮して腰を突きあげ始めた。

「まだぼくを覚えてますか？　十年間ずっとファンなんです！　あなたの演技は素晴らしい、今の新人なんか比べものにならないよ！　時代が堕落しても、ぼくはずっときみのファンですから！　あなたは伝説です、愛してます！」これは二二番だ。二二番はずっと落ちついており、ただ目を閉じたまま横たわっていたが、口角を微かに上げ、両手を聖母のように上に伸ばした。

「がんばって！　あなたは人類の良知です！　いちばん勇敢な戦士です！　あんなバカどもを相手にしないで！　バカがうつるから！　あいつらはみんな見かけ倒しで、あなたが真実を語るから叩いているんだ！　時代はあなたを忘れない！」これは二三番だ。彼はやかましい患者で、受動的に脳電波が送信する言葉を聞いているだけではなく、口のなかで絶えずぶつぶつぶやき、言葉が注入される調子に従って起伏し、何やらある意見を繰り返しているようだった。斉娜には彼の言葉がよく聞こえなかったが、色々な声と言語で同じことを繰り返し、攻撃力に満ちているのはわかった。電流の注入は打ち鳴らされる陣太鼓さながらだった。

斉娜がすべて片づけ終えたときには零時を回っており、疲れきって空いているベッドに座りこんだ。身体は疲れ、心も疲れていた。この世界にはまるで彼女ひとりが取り残されたようだ。味気ない金属に囲まれた部屋が、単調で味気ない気持ちを際立たせる。彼女は携帯を出し、また幾度かコメントを読みこんだ。夜も更けて、みな寝ているのかもしれない。誰のコメントもついておらず、ポールの痕跡もやはりなかった。ただ電流だけが退屈に続いている。彼女は力なく病室の中央に座って、灰色の壁と床がまるで全世界のように感じた。

一度くらい試してみてもいいんじゃない。突然そう思った。一度だけ。

空きベッドに身を横たえ、電極のチップを額に貼りつけ、目を閉じ、機器の栗色のスイッチを押す。機器はブーンと音を立て、彼女の大脳の思考プロセスをスキャンした。それから彼女の耳に十字歌のようなささやき声が聞こえてきた。友達の正義感あふれる言葉のようでもあり、老賢者の教えさとす声のようでもある。優しいマッサージを受けたような心地よさだ。呼吸を整えると、灰色の病室は消え、朝陽を受ける緑の草と露が見えた。「あなたには深みがあって、浅い人には理解できないのよ！」その声は説得力のある口調で頭の中に優しくこだました。「あなたは人と比べて全然見劣りしないわよ、あんな中身のない美人に劣ったりしない、ただ目立ちたがりじゃないだけ。虚栄心の塊は情けない、見栄っ張りな人はいつか軽蔑されるわ！　あなたはそんな人たちより考え深いの！　あなたを愛している人はみんないつかそれに気づくんだから」斉娜はその言葉のなかで落ち着きを取り戻すと、世界が充実し、ポールは遠くに去り、それほど重要ではなくなった。自分が寝ているのか起きているのかわからなかったが、ただ陽光を浴びた木の枝から発散される若緑が周りを囲んでいるのを感じた。眠りと覚醒の境目でぼんやりと思った。ずっとこのままならそれでもかまわない。

先延ばし症候群

「もうダメだ」阿愁《アチョウ》は言った。

阿蛋《アダン》はベッドの上で何やらむにゃむにゃ言って寝返りを打った。

阿愁は画面をｗｏｒｄに切り換え、無理やりふたつの単語を入力したものの、そこでつっかえた。この使い方は違うと思ったが、他の単語も思いつかず、焦って顔は熱くなり、大脳が一時ショートして、また書けなくなってしまった。無意識にポインターをブラウザーに合わせてクリックし、微博《ウェイボー》〔中国国内向けの短文投稿サイト〕のページを開いてスクロールしたが、更新はなかった。ＢＢＳを開いてスクロールすると、ひとつのスレッドに新しい投稿があったが、開いてみるとただ「re」とあるばかりで、もうひとつのスレッドには新規の投稿はなかった。

彼はまたｗｏｒｄに戻り、無理やり自分を三〇秒間座らせ、置き換えられる単語をひとつ思いついた。やや興奮して一気に三〇字あまり書き、ふたつのセンテンスを完成させた。いくらか達成感を覚え、少し休憩しても良いだろうと思った。またブラウザーを開くと微博に新しい投稿が二件あり、すぐに読んでしまった。頭を絞って一件返信したが、特に何も言うことは思いつかなかった。ＢＢＳは相変わらず草木も生えぬありさまで、少々腹が立ってきた。退屈のあまりポータルサイトを開き、アニメのチャンネルをクリックして、トップの動画を見た。しかし集中できず、半分まで再生したところで罪悪感の板挟みになり、ロボットに取り憑かれたようにｗｏｒｄ

に戻った。

次に行きづまったとき、彼はついに崩壊の危機に瀕した。

「もうダメだ」彼は叫びだした。「もうおしまいだ」

阿蛋は起こされて目をこすり、身体を曲げてベッドから顔を出すと尋ねた。「どうした？」

「どうしても今日中には終わらない」

「焦るなよ。いつ提出だ？」

「明日の午前中に中間発表なんだ。何が何でもそれまでに書いて持って行かないと題目届が出せない」

「あと十時間以上あるじゃないか、なんとかなるだろう」阿蛋はあくびをして、また横になった。

阿愁のもともとの計画では、前日に先行研究の整理を終えて、今日は研究計画を書くつもりだったのに、まだ影も形もなかった。先行研究のまとめがこんなに書きづらいものとは思わなかった。最初の章の半分足らずのところまで今日ようやくたどりついたが、読み終えた二本の論文の要約がまだできていないばかりか、あと三本重要な研究があるのにまだ読み始めてすらいなかった。一段落にもう一時間以上頭を悩ませており、ある部分の内容をどうしてもきちんと整理することができずにいる。英語もそもそもよくわかっていないのに、中国語にすると語順がごちゃごちゃになり、自分でも何を書いているのかわからなくなり、書いては消し書いては消し、ますます苛立ってきた。苛立ちの炎は絶えず噴きあがり、胃から喉までこみ上げてくるのを、全力で抑えつけて何とか座っていた。炎の舌にちろちろとなめられながら深淵の上に座り、真っ白な画面を眺めている。炎の下には虚空が広がり、支えとなるものは何もなく、足もとはまったくの底なしだった。彼は今にも震えだしそうだと感じた。心を落ち着けて少しでも集中しようとした。異なる時期の銀河団の速度を利用し……宇宙定数モデルの主な問題は……

そのとき、阿言《アイエン》がドアを開けて寮の部屋に入ってきた。

「進んでるか?」阿言は軽快に尋ねた。

「お前が出かけてから七字だけ書けたよ」阿愁は言った。

「だから早く書きはじめろって言っただろう」阿言はにやついた。「先行研究のまとめはそんなに簡単じゃないってさ。おれは前に中間レポートで二千字のまとめを出されて、ふた晩徹夜してやっと書けたからな。そのせいでニキビだらけになっちまった。それに懲りて、早めに始めるもんだとわかったんだ」

阿愁は黙ったまま椅子の上で身体をこわばらせた。

なんでもするから阿言には黙っていてほしかった。

「おれも前は先延ばしの癖があった」阿言はまだトランプの猫のようににやにやと笑っている。「なんでもぎりぎりまで先延ばししてたんだ。でもそのレポートを仕上げてから、もうこんなんじゃいけないって決意したんだ。まあ今でもあんまり自己管理できてないけどな、でも先延ばしするのはまずいから、なんでもできるだけ早く手をつけるようにしてるんだ」彼は洗った靴下をベッドの上に張ったロープにいいかげんに引っかけながら、「たとえ最初は全然書けなかったとしてもさ。初日にファイルを作って、しるし程度にでも書きはじめるんだ。それからまた何日かして無理やりちょっと書いて、まずだいたいの内容を書いてしまえば先行き安心だ。でもおれも意志が弱いからな、ぎりぎりまで先延ばししてることも色々あるさ」

阿愁は阿言の首を引っこ抜いてまたはめ込み、でんでん太鼓のように揺すぶってやりたいと思った。

ベッドの阿蛋も阿言の声で目を覚まし、起きあがると髪の毛を掻きむしり、げっぷをして二重あごを揺すった。

「おれは締切前日に書くのがいいな」阿蛋はゆっくりと言った。「締切ぎりぎりまで自分を追いこまないと、小宇宙《コスモ》が燃えないんだよなあ」

「そんなんじゃ早くから書きはじめたのに比べりゃダメダメだろ」阿言は言った。

阿蛋はベッドから降りると、「そうでもないよ。最後の爆発の方が効果があるよ、最後のひと晩がいちばん力があるし、小宇宙《コスモ》はひと晩で燃え尽きるからね。早くとりかかったら絶対ダメだ」

「効果はやっぱり違うぞ。最初のバージョンを作って、二日くらい寝かせて悪いところを探すんだ。本当に効果があるよ」阿言は言った。

阿愁は拳でこめかみを揉み、精神の集中を図った。

それでも言葉は浮いている。

手で耳を塞いだ。

どういうわけか、それでも対話は聞こえていた。彼は発狂しそうだった。青ざめたｗｏｒｄファイルに、哀れにもまばらな字が舞っている。ひどくめまいがして、発火状態から冷凍状態に進行しそうだった。

阿言はまじめくさって阿蛋と言い争っている。「自分ができないからって、ダメだなんて言うもんじゃないよ。おれもよくぎりぎりになるけど、自分でもまずいってわかってるからな。毎日身体を鍛えるのが無理だとしても、トレーニングが身体にいいのを否定できないのと同じだよ」

「違うよ。この状況なら、毎日身体を鍛えるのは良くないって信じるべきだよ」

「アホか」阿言は言った。「じゃあ顔をひっぱたかれてもそれが良いことだっていうのか？　本に書いてあるのはお前のようなやつのことだ」

阿蛋はのろのろと靴を履いた。「飯食いに行くか？」阿蛋は阿愁に尋ねた。

「行かない、死にそうだ」阿愁は言った。

「だいじょうぶだよ。今から一生懸命やればきっとまにあうよ」阿蛋は言った。「何か買ってこようか？」

「いや、いい」

「肉まんは？　それとも麻辣香鍋《マーラーシャングオ》〔汁なしで炒める辛い鍋料理〕を少し包んでこようか？」

阿愁はそろそろ限界だった。並々ならぬ努力でようやく爆発せずにいた。

「大丈夫だよ、焦るなって」阿蛋は阿愁の不機嫌さを見てとると、ゆったりと言った。「勝ち組と負け組は大差ないんだ、唯一違うのは勝ち組は最後の一日まで先延ばししても勝算があるってことだ。勝ち組で行けよ、なあ」

阿蛋と阿言が出て行ったあと、がらんとして悪臭ただよう寮の部屋に阿愁はただひとり残された。何も読めなかった。一度、また一度と二本の論文をめくったが、一ページ目の英語がどうしても頭に入ってこない。アルファベットの間の空白を凝視し、空白を通じて無限の虚空に見入った。彼の頭は虚空で膨張し、ますます希薄になった。

焦りのあまり息もできず、跳びあがって壁に激突しそうだった。自分はきっと失敗するのだと思った。ひと晩中こうして座り続け、何も書けないのだ。そして明日は中間発表ができず、指導教授と講評をお願いした先生たちを不機嫌にし、先生たちはむっとして座っており、指導教授まで引っこみがつかなくなり、怒りにまかせて彼を鋭くあてこすり、研究室で顔向けできないようにし、そしてこれから二年間はことあるごとに彼に無理難題をふっかけるのだ。あげくに修了もできず、中途退学してからは学部卒の学歴しかないせいで就職できず、北京でうろうろして実家にも帰れない。好いてくれる女の子もおらず、結婚もできず、住宅も車も買えず、最後には路上生活になり、もの乞いをするうちに写真が微博《ウェイボー》で拡散され、向上心のない学生の自業自得の末路だと書かれるのだ。

阿愁はどうしようもなく、苦しくてならなかった。誰かが突然現れて、彼の頭の中のぐじゃぐじゃを整理し、MONDモデルとは何で、幾つの変種があるかを教えてほしかった。それから宇宙変数と真空のエネルギーの間の巨大な等級の相違にはどんな意味があるのか、ダークエネルギーとはいったいどういうもので、宇宙はなんだってわざわざ膨張を加速させているのかを教えてほしかった。突然頭がすっきりした自分を想像してみた。最後のひと晩で小宇宙《コスモ》が燃えあがり、すごい勢いでみるみる先行研究のまとめが書け、飛ぶような速さで書きすすめ、どんどん加速し、最後には五〇ページの文章を書きあげることに成功し、中間発表にまにあうのだ。

彼は自分が勝ち組となって、宇宙の膨張の秘密を知り、天体物理学の学位を取得し、そして宇宙と一緒に飛びたつのを想像した。太陽系を超え、銀河系を超え、この銀河団を超え、果てしない暗黒の宇宙の深部に入りこみ、全方位に急速に膨張する。

宇宙は全方位に急速に膨張する。

ますます速度を増す。

加速。

加速。

加速。

阿愁と仲間の人類すべてが消え去ってから五千万年後に、宇宙の膨張は突然停止した。

宇宙はしばし沈黙し、すべての銀河がひと息ついた。

それから宇宙はその独自の言語を用いて言った。「先生、これがぼくの宿題です。まだまにあいますよね？」

訳者あとがき

郝《ハオ》景芳《ジンファン》は一九八四年に中国・天津に生まれた。小学三年生のころに児童向け科学雑誌を愛読するようになり、やがて天体への興味を呼び覚まされたという。創作の開始も早く、受賞歴は高校三年生での新概念作文一等賞にさかのぼる。このコンテストは一等賞受賞者には各地の名門大学の中国語中国文学科への推薦入学の資格が与えられるというものであったが、科学への強い興味に従い、清華大学物理学科を受験し入学した。大学四年の頃から本格的に創作に取り組み、清華大学大学院に進学してからは天体物理学を専攻しつつ、ＳＦ小説の執筆を始め、「祖母家的夏天（おばあちゃんの家の夏）」が二〇〇七年に銀河賞の読者ノミネート賞を受賞した。やがて社会科学に関心を抱きはじめ、博士課程は清華大学経済管理学院に学び、国際貿易研究により二〇一三年に博士号を取得している。在学中に短篇小説集『星旅人（星の旅人）』（清華大学出版社、二〇一一年）、長篇小説『流浪瑪厄斯（マアースの流浪）』（新星出版社、二〇一一年）および『回到卡戎（カロンへの帰還）』（同、二〇一二年）、欧州紀行『時光裡的欧州（時間の中のヨーロッパ）』（中国華僑出版社、二〇一二年）を刊行し、旺盛な創作意欲を見せた。その後は中国発展研究基金会でマクロ経済研究に従事するかたわら執筆を続け、二〇一六年には「北京　折りたたみの都市」でヒューゴー賞（中篇小説部門）を受賞、一躍国際的にその名を知らしめた。二〇一七年には三歳から十二歳の子供を対象にした一般教育プログラムを提供する「童行学院」を設立（当初の名称は「童行計画」）、特に山村の子供たちに平等な教育の機会を提供することに尽力している。二〇一八年には訪問研究員としてハーバード・ケネディスクールアッシュセンターに滞在、同年世界経済フォーラムのヤング・グローバル・リーダーズに選出された。

これまでの主な小説作品には、改題して版を改められている単行本もあり、やや分かりにくいが、短篇小説集三冊、長篇小説二冊がある。短篇小説集は『去遠方（遠くへ行くんだ）』（江蘇鳳凰文芸出版社、二〇一六年。『星旅人』の収録作品に若干の変更を加え改題したもの）、『孤独深処（孤独の底で）』（江蘇鳳凰文芸出版社、二〇一六年）、『人之彼岸（人間の彼岸）』（中信出版社、二〇一七年）、長篇小説は『流浪蒼穹（蒼穹の流浪）』（江蘇鳳凰文芸出版社、二〇一六年。『流浪瑪厄斯』『回到卡戎』の二分冊で刊行されたものを、本来の構想に従って一冊に合本したもの）、『生於一九八四（一九八四年に生まれて）』（電子工業出版社、二〇一六年）である。

本書に収めるのは『孤独の底で』より以下の七篇である。同書の前書きには、書名はSF小説に対する感覚に由来するものだとして、「SF小説では可能性の世界を構想しますが、その世界の片隅に佇むとき、人はもっとも世を離れ、疎外を感じやすいものです。世に背いたという感覚は孤独の中でももっとも孤独なものです」とある。作中でどんなに壮麗な情景が描かれても、一歩退いたところに視点があるのは、まさにこの感覚を伝えるものだろう。同書は簡体字版のほか、二〇一六年十月には繁体字版が台湾・遠流出版社から刊行されている。翻訳にあたっては簡体字版を底本にした。

北京　折りたたみの都市（原題：北京折畳）

巻頭を飾るのは都市そのものを折りたたむという奇抜な着想で話題を呼んだヒューゴー賞受賞作。すでに仕米華人作家ケン・リュウによる英訳 *Folding Beijing* からの日本語訳「折りたたみ北京」（大谷真弓訳、ケン・リュウ編『折りたたみ北京――現代中国ＳＦアンソロジー』早川書房、二〇一八年）で日本の読者にも対面を果たしている。

ＡＩ（人工知能）をテーマにした短篇小説とエッセイを収めた『人之彼岸』の前書きで、郝景芳はＡＩが人間の仕事をどれだけ肩代わりできるかという問題に触れている。「北京　折りたたみの都市」は四年前の作品で、機械が大量に労働者に取って代わったら、余剰労働力はどうやって生活するのかを扱いましたが、小説の与えた解決は暗いものでした。余分な人間を夜の中に折りたたむのです。現実の世界でわたしはもちろんそういう事態を目にしたくないので、この方面の問題には一貫して強い関心を持っています」

なお、同名の長篇作品を執筆中であり、同時に映画化の計画も進行中であると伝えられる。

弦の調べ（原題：弦歌）

繁華を慕って（原題：繁華中央）

ことによると「北京　折りたたみの都市」以上に郝景芳の本領を伝えるかもしれないのが、ダイナミックな創意と詩的な美しさを兼ね備えたこの二作品だ。前書きには「わたしが一貫して重視しているのはストーリーではありません。わたしは抽象的なイメージに夢中ですし、そうした抽象的な感覚を具象化しようと一生考え続けることでしょうが、その過程ではストーリーがおろそかになる部分があるのは避けがたいことです。将来の創作において、それはやはりバランスを取るよう努力しなければと思う要素です」ともつづられるが、イメージの具象化の最もよい例がここにある。夫の視点から語られる「弦の調べ」と、作曲を志してイギリスに留学する妻の側から語る「繁華を慕って」の二篇が震わせるのは、連絡すら間遠になっていた夫婦の心の弦でもある。郝景芳は「これは物語のA面ですが、執筆中に同時にわたしの頭には宇宙人の真相というB面の物語が浮かびました。A面とB面が合わさることで、わたしの胸中の象徴的な意味が構成されます」とも記している。

なお、「弦の調べ」には西洋文学からの引用が二箇所ある。最初の「人間は大地に生き、功績に満ちて、詩意をもって住まう」（八三頁）の出典はヘルダーリンの *In lieblicher Bläue* より、"Voll Verdienst, doch dichterisch, wohnet der Mensch auf dieser Erde." である。『ヘルダーリン全集』（手塚富雄・浅井真男訳、河出書房新社、一九八六年）およびハイデッガー『ヘルダーリンの詩作の解明』（濱田恂子・イーリス・ブフハイム訳、創文社、一九九七年）の訳を参考にした上、中国語から訳出した。ふたつ目はヘミングウェイ「キリマンジャロの雪」（九二頁）で、『ヘミングウェイ全短編2』（新潮文庫、一九九六年）から高見浩氏の訳を引用させていただいた。

生死のはざま（原題：生死域）

生と死とは〈エネルギー空間〉と〈時間空間〉を指すという発想と、黄泉では孟母が死者に〈孟母湯〉を飲ませ、生前の出来事を忘れさせるという伝説を組み合わせた物語。

なお、小恵《シャオホエ》と悠然《ヨウラン》が誦する湯顕祖『牡丹亭還魂記』の題辞の句（一七九頁・一八七頁）は、根ヶ山徹「湯顕祖の創作理念とその影響」『明清戯曲演劇史論序説――湯顕祖『牡丹亭還魂記』研究』（創文社、二〇〇一年、三八四頁）より氏の訓読を引かせていただいている。

山奥の療養院（原題：深山療養院）

北京生活のプレッシャーを題材にしたこの作品は、国こそ異なれ若手研究者の悩みは似たようなものであることを窺わせる。もっとも、「仲永を傷む」に記された、神童ともてはやされ、父が彼をみせものに利を貪ったためその才を専一に磨くことができぬまま、すっかり凡人になってしまった仲永少年の話に恐怖する主人公の韓知《ハン・ジー》もまたスーパーエリートであり、その悩みは凡人には「高処　寒に勝《た》えず」の感がなきにしもあらずだが。

韓知は高校で全国理科選抜クラス（全国理科実験班）に入学し、エリート教育を施されるが、これは一九九四年から二〇〇四年まで清華大学附属中学校、北京大学附属中学校、北京師範大学付属実験中学校、上海華東師範大学第二附属中学校に設けられたもので、一クラスの定員は二〇名から二五名、各省の理数系のコンテスト上位入賞者に受験資格が与えられる。卒業後は主に清華大学、北京大学への推薦入学が認められる。その沿革は趙晋平「中国の高等学校における「才能教育」——「全国理科実験クラス」を中心として」(『飛梅論集』第三号、二〇〇三年三月)に詳しい。また、一部の大学には年齢の低い学生の飛び級入学を受け入れる「少年班」が設けられており、肖洋《シャオ・ヤン》が自らの経験に基づいて作った劇映画『少年班』(二〇一五年、東京国際映画祭で上映)からもその雰囲気を知ることができる。

しかし、こうした最高の教育を受けて研究の道に進み、海外で学位を取って帰国した俊英にして、つまずくのは安月給と妻の実家からかけられる住宅購入のプレッシャーという実に平凡な問題である。査読の甘い新しい学術誌にさっさと投稿して既発表論文の本数を増やし、点数を稼げば現実の問題には対応できるが、理想の高い彼はそうした点取りゲームへの参加は潔しとしない。

孤独な病室(原題:孤単病房)

他人からの称賛と肯定なしに生きられないネット社会の孤独が描かれる。自己認識と外界の認識の齟齬は、「山奥の療養院」から続くテーマである。斉娜《チー・ナー》は現実とネット世界のふたつのレイヤーを行き来するが、スマートフォンのような携帯端末でネット世界を覗くのではなく、部屋一面のディスプレイに映しだす。これはすでに彼女の現実をネット世界のレイヤーがしばしば覆ってしまうことが視覚的に表されたものだが、恋人のポールが存在するのもネットのレイヤーである。彼は肉体を伴った存在として想起されることはなく、ウェブ上のコメントとしてのみ姿を現し、SNSの投稿に反応してくれないという形で関係の終わりが示唆される。単調な現実とウェブ上の失恋の末、彼女が安らぎを見いだすのは、機械的に生成された賞賛の言葉が延々と脳に送りこまれる第三の世界である。

先延ばし症候群（原題：拖延症患者）

掉尾を飾るのは締切という人類普遍の課題に向きあったショートショート。すでに尻に火がついた主人公だが、Word は空白のまま、一字書いてはBBSを眺め、一字書いては動画サイトを眺め、刻一刻と時間が過ぎてゆくさまに、鏡に映ったわが身を見るようで胃が痛くなるのは訳者ひとりではあるまい。

なお、残念ながら収録がかなわなかったが、原書にはほかに「宇宙劇場（宇宙劇場）」「最後一個勇敢的人（最後の勇者）」「阿房宮（阿房宮）」「穀神的飛翔（ケレスの飛翔）」の四篇が含まれており、そのうち「最後の勇者」には邦訳がある（『人民文学』編集部監修『中国ＳＦ作品集』（四谷寛訳、外文出版社、二〇一八年）。

こうしてみると、物理学と経済学という二つの学術的な背景のもと、郝景芳の活動は創作、研究、社会貢献という複数の領域にまたがっているが、そうした領域横断的な要素が創作に生かされていることがうかがえるだろう。中国の近年の流行語には、活動分野が多岐にわたり、名刺には複数の肩書きがスラッシュで区切って並べられているような若者を指す「斜杠青年（スラッシュ青年）」がある。郝景芳もそのもっとも成功したひとりと見なされるようである。とはいうものの、自身ではここに至るまでに、多分野での活動を続ける能力が自分にあるのか、本当の自分はどれなのかといった葛藤があったことも明かしている。しかし、ひとつひとつの計画に即し、それを実行するだけのエネルギーと決意があるか、心からそうすることを望んでいるかを考えることにし、どの自分も自分であると認めることでそれらの懐疑は解消されたという(トークショー「一刻talks」、二〇一七年八月十七日)。あまりに輝かしい経歴ゆえに想像しにくいが、作中にしばしば見られる自己と世界の不調和には、こうした懐疑の過程が反映されているのかもしれない。

本書に収めた作品の中でも、登場人物が認識の転換を迎える瞬間がくりかえし描かれていることに気づくだろう。「北京 折りたたみの都市」では、夜間のわずか八時間の活動ののちに四十時間連続で眠らされ、あたかも人生を早送りさせられているような第三空間の住人、老刀《ラオダオ》が危険を冒して第二空間、そして第一空間へと潜入することで、昼の陽光を知り、都市全体の中で自分たちがどんな位置に押しこめられているかを悟る。「繁華を慕って」の阿玖《アジウ》は成功を囁かれて誘惑に乗るが、その背後にあるのが鋼鉄人の罠だということはあえて意識しようとしない。自己の根幹を揺るがす事実については半ば無意識に考えるのを避けていたが、ついに実は自分との闘いであったことを直視せざるを得なくなったとき、侵略者への抵抗を決意する。こうした認識の転換から英雄的な抵抗という流れは、SFのある種の常套でもあろう。他方、「山奥の療養院」あるいは長篇小説『一九八四年に生まれて』といった、一見SFや幻想小説とは無縁のようにすら思われる写実的な筆致で生活の細部が書きこまれるとき、あたりまえと思わされているものに疑いを向け、そこから逸脱したりましてや反抗したりすることは、英雄的な行為であるどころか、愚か者のひとり相撲に終わり、大きな枠組みは何も変わらないまま、逆に自分の身を滅ぼすことになる。

こうした物語が中国の作家によって書かれたことを意識するときに想起されるのは、『折りたたみ北京――現代中国SFアンソロジー』の序文「中国の夢《チャイナ・ドリームズ》」でのケン・リュウの次の言葉である。

「中国の政治の現実と西側との不安定な関係を考慮すると、中国SFと出会う西側の読者にとって、中国の政治に関する西側の夢や希望やおとぎ話でできたレンズを通して見ようとするのは自然なことです。西側寄りの感覚での〝政府転覆〟を解釈上の支えにするかもしれません。(……)読者には、そのような誘惑に抵抗していただきたいのです。中国の作家の政治的関心が西側の読者の期待するものとおなじだと想像するのは、よく言って傲慢であり、悪く言えば危険なのです。中国の作家たちは、地球について、たんに中国だけではなく人類全体について、言葉を発しており、その観点から彼らの作品を理解しようとするほうがはるかに実りの多いアプローチである、とわたしは思います」(古沢嘉通訳、十三―十四頁)

一方、中国文学者の山口守は「大衆文学にはエンターテインメントとして多くの読者を獲得するために読者の生きている時代を取り込む必要があり、また時代の文脈で読まれるのも自然である」とし、ケン・リュウの批判について「そもそも文学においてエンターテインメントにどう社会性を読むかは読者の自由である」と指摘している(「国家と対峙しても揺るがぬ詩の言葉/政治を相対化する文学の言葉」『週刊読書人』二〇一八年十二月二一日、第三二七〇号)。

ここで問題になるのは、社会性を読みとろうとする行為そのものよりも、「中国の政治に関する西側の夢や希望やおとぎ話でできたレンズ」の解像度だろう。固有の社会的文脈を読者が共有しない場合、何らかのレンズを通して見ざるを得ない。

郝景芳は二一九六年の火星を舞台にした長篇小説『蒼穹の流浪』で、地球での五年間の留学を終え、異なる政治体制下での生活を経験して火星に帰ってきた少女の困惑を記している。彼女に医師がこう語りかける。

「ある文明の中で暮らしている人は周囲の物事を、ひとつひとつ個別に捉えるものだけど、ほかの文明から見るときは、なんでも政権から捉えがちで、その文明のあらゆることを政権の角度から解釈したがるものだから」（前掲、一四五頁）

自分が「中」にいるときはレンズの性能を意識することはないため、「外」に視線を投げかけるとき、その解像度が不十分であることは意識にのぼりにくい。レンズを通し、あたかも自分たちとは無関係な、中国固有の問題のみでしかないかのように読解するとすれば、それこそ「傲慢」「危険」との誹りは免れまい。逆に、地域固有の政治的、社会的な文脈を丹念に拾いつつ、登場人物たちの目を借りて、「中」に入って読み解こうとするなら、中国を覗くレンズの解像度はぐんと上がるだろう。レンズの向こうは決して別世界ではなく、わたしたちの日常とも直結しているのだ。

とまれ、まずは何よりもすぐれたエンターテインメントとしてそれぞれの作品の仕掛けを堪能していただきたい。一読三嘆ののち、ぐるりと世界が裏返しになるような疎外感とともに「孤独の底」を知ることになるだろう。

最後になったが、企画から終始訳者に併走してくださった編集部の杉本貴美代さんにお礼を申し上げる。

二〇一九年二月二十日

及川茜

訳者略歴
東京外国語大学大学院地域文化研究科博士後期課程単位取得退学。神田外語大学アジア言語学科講師。
訳書に、鯨向海『Aな夢』（思潮社）、唐捐『誰かが家から吐きすてられた』（思潮社）、李永平『吉陵鎮ものがたり』（共訳、人文書院）がある。

〈エクス・リブリス〉
郝景芳《ハオ・ジンファン》短篇集

二〇一九年 三 月一五日 印刷
二〇一九年 三 月三〇日 発行

著 者 郝 景 芳
訳 者 © 及《おい》川《かわ》茜《あかね》
発行者 及 川 直 志
印刷所 株式会社 三 陽 社
発行所 株式会社 白 水 社

東京都千代田区神田小川町三の二四
電話 営業部〇三（三二九一）七八一一
編集部〇三（三二九一）七八二一
振替 〇〇一九〇-五-三三二二八
郵便番号 一〇一-〇〇五二
www.hakusuisha.co.jp
乱丁・落丁本は、送料小社負担にてお取り替えいたします。

誠製本株式会社

ISBN978-4-560-09057-2

Printed in Japan